한국 희곡 명작선 32

밀실수업

한국 희곡 명작선 32

밀실수업

위기훈

평민사

위기
훈

밀실수업

《공연 이력》

2019.9.19.-9.29 한양레퍼토리씨어터

제작 : 극단 인간극장 / 연출 · 신동인 / 드라마터그 · 윤서현

출연 : 신현종, 이경미(진태연), 강정한, 김유림

작가 서문

 인류사는 갈등의 역사다. 한국도 예외는 아니다. 현대 한국은 수 많은 정치·경제적 갈등을 비롯해 이념갈등, 지역갈등, 세대갈등, 계층갈등이 곳곳에 만연하다. 요즘 가장 큰 자리를 차지하는 것은 세대갈등이다. 젊은 세대는 일자리 부족, 집값 상승에 따른 경제력 부재로 연애, 결혼, 출산을 포기하는, 삼포세대(三抛世代)라는 비애 에 짓눌려 있다. 저출산·고령화 사회로의 진화는 결국 세대 간의 제로섬 게임으로 사회갈등이 증폭된다는 진단이 있다. 정치공학적 으로 유권자가 많은 기성세대에 많은 자원을 배분하면 젊은 세대 의 희망이 사라지고, 그들이 기성세대를 곱게 보지 않을 것은 자명 하다. 그러나 세대 간의 상생의 길을 모색하는 것은 단순하지 않다. 세대 전반에 걸친 치유가 있어야 하는데 이 역시 불가능에 가깝다.

 우리 사회는 다양한 계층의 다양한 사고가 존재한다. 그러나 보 수라 불리는 기득권은 오랜 세월 훈련된 권모와 수법으로 그 자리 를 지키며, 아직도 이분법적인 정치행태를 고수하고 있다. '고려'라 는 제왕대국의 권위를 축소 왜곡한 고려사를 시작으로 조선 500년 왕국은 중국 명나라를 사대했고, 일제강점기에 탄생한 친일파로

이어진다. 친일파는 군사독재로, 군사독재는 친미파로 지금의 보수 정권으로까지 맥이 닿아있다. 기득권은 엘리트집단으로서 이권을 지켜내는 데 매우 노련하다. 자살로 생을 마감한 전 대통령 역시 능수능란한 보수를 상대함에 온 나라에 퍼져있는 견고한 카르텔의 벽을 실감했던 것이다. 이 같은 관점으로 바라보면 세대갈등은 더 이상 세대 간의 갈등이 아니다. 보수 세력에 부딪혀 울부짖는, 그 어디에도 가담하지 못한 젊은 세대의 울부짖음이다. 그렇다면 과연 보수 세대에겐 배울 점이, 본 받을 점이 없는가? 그들의 경험과 지혜는 '그때는 맞고 지금은 틀린' 것으로 치부되고 있는 것은 아닌가? 둘 중 하나는 틀린 것인가? 쌍방과실로 보는 것 역시 안이한 분석은 아닐까? 질문에 질문이 꼬리를 문다.

해결을 거듭해도 문제는 사라지지 않는다. 그러나 문제를 최소화 할 수는 있다. 이분법적인 접근은 오히려 문제를 오해하고 그 부피를 키운다. 다양한 입장을 고려하고 다층적인 접근을 시도해야 문제의 최소화가 가능하다.

희곡 「밀실수업」은 금수저·흙수저 논란, 노블레스 갑질, 88만 원 세대, 3포·5포·7포 세대 등의 수많은 갈등이 탄생시킨, 있을 법한 사건을 소재 삼아, 아직 사회에 편입되지 못한 서툰 젊은 세대와 노련한 보수기득권 출신의 은퇴한 노인 세대와의 충돌, 그 사이에 끼어있는 하수인으로서의 기성세대를 통해 뒤틀린 현대 한국의 이면을 다룬다. 연극 서사를 통해 세대 갈등의 본질을 바라보고 이 문제가 어떤 문제로 확대, 변형되어갈지, 그 사이에 어떤 아픔이 균형을 찾는데 일조할지 묻고자 한다.

등장인물

네 명의 인물이 있다. 김태경, 이재은, 민유라, 그리고 인동초.
스물여덟 레이디 김태경은 한 살 많은 청년 이재은과 오래된 연인이다. 김태경은 귀밑 머리카락을 검지로 꼬는 버릇이 있고, 분노조절장치가 없는, 감정 기복이 매우 심한 인물이다.
이재은은 자주 눈을 깜박이며 손톱을 물어뜯는다. 숙병이라 할 불안증 때문이다. 공황장애를 갖고 있어 강박적인 상황에 부딪히면 호흡이 매우 빨라지고 이로 인한 어지럼증과 구토가 일어난다.
마흔둘의 민유라는 고급스럽고 화려한 외양을 하고 있다. 룸살롱 마담이라는, 일평생 남자들의 비위만 맞춰온 직업 때문이기도 하겠지만 길들여진 취향 자체가 그녀의 정체성인 양 자리 잡았다. 조미숙이라는 본명을 잊고 사는 것도 같은 이유다.
그리고 인동초.
그는 여든의 노인이지만 외모는 그렇지 않다. 꾸준한 운동과 각종 영양제, 보양식품 덕에 환갑 청춘으로, 이십여 년이나 젊어 보인다. 그는 한때 정부 고위직에 임용된 바 있어 무소불위의 권력을 누린 세월이 길다. 그러나 정권이 바뀌면서 납치, 암살이라는 루머를 퍼뜨리고 실제로 실종신고까지 냈다. 그러나 짜고 친 고스톱이라 경찰 역시 장기미결로 처리, 지금은 기업체를 차명으로 소유, 숨어 살면서도 익명의 부를 누리고 있다.

무대

무대는 주로 지구대 유치장과 80세 노인 인동초의 부유한 집 거실로 기능한다.
두 공간은 마치 두 장의 사진을 하나로 포개놓은 것처럼 놓여있다. 높낮이의 차이는 있겠으나 겹쳐진 꼴로, 유치장이면서 동시에 거실이다.

＊

철창을 사이에 두고.

태경   왜 안하던 짓을 해?

재은   똑바로 얘기해.

태경   요즘 이름에 남자, 여자 따로 있니? 그리고 저번에 니가
          남잔 다 지웠잖아!

재은   똑바로 얘기 안 해?

태경   뭘 자꾸 얘기하라는 거야, 똑바로 뭘?

재은   갔어, 안 갔어? 위치서비슨 왜 꺼놨는데?

태경   ······.

재은   진짜 이럴래?

태경   ······.

재은   야, 김태경!

태경   잠깐 들렀어, 잠깐!

재은   (기막혀 웃다가 빤히 보는) 너, 또 뭐 질렀지?

태경   내가 뭘 질러?

재은   돈 필요해서 간 거 아냐?

태경   그런덴 줄 몰랐다니까!

재은, 주머니에서 명함을 꺼내 태경이한테 던진다.

재은 이걸 보고도 룸살롱인 줄 몰랐다는 게 말이 돼?

태경 날 못 믿는 거야?

재은 종이달이래, 종이달! 이름부터 메타포 쩌는데 몰랐어?

태경 지금 그게 문제니? 일단 여기서,

재은 약정 싫다매?

태경 노예 같으니까.

재은 지르고 알바 뛰는 건 노예 같지 않디?

태경 그만 좀 하지?

재은 다시는 대책 없이 안 지른디매?

태경 폰 말곤 지른 거 없다니까!

재은 (버럭 소리친다) 근데 거길 왜 가?

태경 (빤히 쳐다보며) …… 너 때문이야.

재은 무능력한 남친을 위해 돈 벌러 룸살롱에 납셨다? 오, 클리셰 작렬! 왜? 루비똥 지르고 몇 달을 주유소며 편의점, 알바 뺑뺑이 돈 것도 나 때문이래지? 흥! 나를 위한 작은 사치? 까구 있네!

태경 미친 새끼.

재은 내가 미친 새끼면, 넌 돈 년이냐? 지르고 알바 뛰고 후회하고, 지르고 알바 뛰고 후회하고, 버퍼링 걸렸어?

태경이의 원망 섞인 시선. 그 눈길에 재은이도 다소 누그러지는 듯.

태경 디카를 살까, 다이어릴 살까, 생일선물 고민 된다매?

재은 종이달 내러티브에 니 생일선물이 왜, 무슨 드라이브가 걸리는데?

태경 돈 없는 게 고민이면서 위장 친 거잖아! 디카, 다이어리, 스마트폰 하나면 해결되는 거 몰라?

재은 그래서 냅다 지르고 종이달 갔어?

태경 폰 바꿀 때 됐다고 니가 먼저 얘기했어. 난 기다렸고. 니가 바꿔주면 할부금 같이 갚을 생각으로! 근데 유치장에 들어와 있냐?

재은 주둥이 진짜!

태경 이런 데 면회 오게 만든 거 쪽팔려 지금 약점 잡지? 양아치 새끼! 언니 말 진짜 하나도 안 틀리네!

재은 뭐가 안 틀려? 룸빵 간 거 들키지 말라고 그러디? 잠깐, 지금 저 명함 준 년한테 언니라 그런 거야?

태경 그럼 언니지, 오빠냐?

재은 찜질방에서 식혜 얻어먹고 친해졌다고 용돈까지 처받더니 니가 아주 미쳤구나! (주변 눈치 보며 소리 낮춘다) 룸빵 선수 스카우트하는 전형적인 수법인 거 몰라? 용돈으로 꼬시고, 놀러 가면 손님방에 억지로 밀어 넣어. 몇 분 안 있었는데 간다고 일어서면 니가 번 거라고 몇 십만 원을 또 줘. 돈도 돈이지만, 무진장 쉽게 번 거에 컬처쇼크가 오는 거지! 한 달 알바빌 불과 몇 분 만에 땡겼으니까! 그렇게 제 발로 가는 데가 거기야! 알아?

태경, 울음 터뜨린다.

태경 그래! 그랬다! 용돈 받은 게 꺼림칙했어. 결과적으로 그 돈 갚은 거고! 거기 간 거, 나도 실수라고 생각해! 그래서 잠깐 있다가 바로 나왔고 돈도 전부 다 주고 왔어!

재은 잠깐인데, 그렇게 놈씨들 톡이 빗발쳐?

태경 그건 보이스피싱 때문이라니까. 몇 번을 말해! 신고한다고 소리 질렀더니 그 새끼들이 보복한다고 성인만남 사이트에 내 번홀 올린 거 같다구!

재은 이름까지 아는데?

태경 피싱 몰라? 통신사, 은행, 구청, 그런 데서 막 유출된 내 기본정보로 수작 떠는 것들 아냐!

재은 …… 어쨌든 간 건, 간 거야!

태경, 표정을 정리하고 재은이를 진지하게 쳐다본다.

태경 진짜 하고 싶은 말이 뭐야?…… 이재은. 이젠 내가 지겹지?

재은 또 헤어지잴 거면 가라, 그만.

태경 취직하면 결혼하자며?

재은 대학원 갔잖아!

태경 석박 따면 취직될 거 같애? 장학금 못 받아 알바 뛰면서 후배들한테 허세 떠느라 먹는 술값은? 그 돈은 안

아깝니?

재은 술 안 먹었어!

태경 6년 동안 니가 해준 게 뭔데? 니가 이럴 자격이 있다고 생각해?

재은 (빈정 상한다) 뭐? 자격?

태경 그래, 자격!

태경, 노려보다 작심한 듯 돌아서는데, 재은, 철창 사이로 그녀 팔을 잡는다.

태경 이거 놔.

재은 놓으면? 좋이달 출근하게?

발끈한 태경, 한 대 칠 듯 팔을 들다가 철창 사이로 재은이 정강이를 찬다.
억, 소리를 내며 주저앉는 재은.

태경 재수 없어.

태경, 등 돌려 나간다.
재은, 그녀의 뒷모습을 노려본다.

동초의 거실에 놓인 제법 커다란 LED TV가 켜지면서 모션비디오

게임[1]이 표출된다.

그 앞에서 테니스 라켓을 휘두르듯 움직이는 사내의 실루엣. 인동초다.

밝아진다. 거실에 첨단 시설과 전자제품, 그리고 방문과 화장실문, 현관 쪽 통로가 보인다.

전화벨소리 대신 울리는 최신음악.

아랑곳없이 게임에 열중이다.

벨소리가 끊기고, 이내 다시 울린다.

그제야 안 되겠다는 듯 운동을 멈추고, 러닝머신에 걸쳐두었던 수건으로 땀을 닦으며 테이블에 놓인 폰의 액정화면을 터치.

스피커폰을 통해 민유라 음성이.

유라　여보세요? 여보세요?

동초　왜?

유라　전화를 받았으면 말을 해야지, 왜 말을 안 해요?

동초　할 말 있어 전화한 거 아냐?

유라　회장 오빠,

동초　할 말 있어 전화 받은 거 아니니까, 할 말 없으면 끊어.

유라　회장 오빠! 나, 마비가 아니라,

동초, 폰 액정을 터치해서 통화를 끊고 스트레칭을 한다.

---

1) 운동 효과를 동시에 볼 수 있는 닌텐도 Wii와 같은 게임.

곧이어 버튼 키 소리와 문 열리는 소리.

화려하게 치장한 민유라가 들어온다. 한손에 폰, 다른 손으로는 얼굴의 반을 가리고 있다.

동초 집 앞까지 왔으면 들어와 얘길 하지, 왜 전화질이야?

유라 꼴 보기 싫다며?…… 나, 안면마비가 아니라 경련이래.

동초 (비웃는) 명현현상인가부지. 홍삼!

유라, 자꾸 윙크를 하며, 언제나처럼 홍삼액 포를 찢어 컵에 따르고, 멀티비타민과 오메가3, 캡슐유산균, 마그네슘 등, 알약 네댓 개를 까서 접시에 담아 내온다.

동초는 이를 입에 털어 넣고 들이킨다.

유라 수술해야 된대.

동초 처음부터 병원 가랬더니, 아니라고, 용하다는 데 죄 찾아가 침 맞고 한약 지어 먹고, 했잖아.

유라 병원 갔어. 뇌신경 열두 개 중에 칠 번이 혈관을 누른대. 수술용 스폰지로 떨어뜨려야 한대잖아. 아, 이것들은 왜 달라붙어 가지구!

동초 왜 자꾸 윙크를 해?

유라 경련 때문이라니까!

동초, 유라의 언성에 물끄러미 본다.

잠시 묘한 긴장이 감돌다 동초의 웃는 소리에 걷힌다.

동초   마비 때문에 주름살 없어져서 좋다고 할 땐 언제고? 웃음 파는 직업에 윙크가 자동이면 됐지.

유라   회장 오빠!

동초   그 회장 소리 좀 빼!…… 병원이 어딘데?

유라   어디긴.

동초   …… 근데 뭐가 문제야? 가서 수술 받으면 되지.

유라   보통 수술이 아니라 미세혈관 감,압,술이라고. 머리, 여길 밀고 구멍 뚫어서 마이크로 현미경으로 칠 번 신경이랑 혈관 사이에 수술용 스펀지를 끼워서 이것들을 갈라. 그러구서 인공뼈로 구멍을 막고, 두피를 스테이플러로 열다섯 방 넘게 꼬매는 대수술이야. 수술 끝나면 중환자실로 직행이고.

동초   수술이란 게 대부분 그래.

유라   부작용이 생길 수도 있어. 재발하거나 귀가 먹을 수도 있고, 이명이 생기기도 한대. 더 큰 문젠 재수술이 안 된다는 거야. 부작용이 생겨도 그냥 살아야 한대.

동초   겁나면 말던가.

유라   할 거야, 회장 오빠.

동초   거참!…… 민마담, 누가 말렸어?

유치장.

다시 돌아온 태경, 구석에 웅크린 재은이와 마주한다.

태경   …… 아무리 화가 나도 그렇지, 그렇게 비싼 차 유릴 깨
         면 어떡하나?

재은   화나서 그런 거 아냐.

태경   나 때문에 화나서 그런 게 아니라구?

재은   화는 났지. 근데 그래서 그런 게 아니라구.

태경   뭘루 깼어? 다친 덴 없어?…… 없냐구?

재은   …… 없어.

태경   어디 봐봐. 좀 보자니까!

재은, 못 이기는 척 엉덩이를 질질 끌며 다가와 앉는다.
태경이가 재은이 손을 살핀다.

태경   차 유리 하나가 몇 백은 될 거래. 십대니? 화풀이를 해
         도 꼭,

재은   화나서 그런 거 아니라니까!

태경   그럼 왜 그런 건데?

재은   …….

태경   일부러 그런 거야?

재은   …….

태경   차주인 알아?…… 알지? 너.

재은, 벌떡 일어나 등을 돌린다.

태경   너 혹시?

재은   그래, 그 늙은이 거야.

태경   (놀란다) 미쳤어!

유라   그러니까 카드 좀 달라구.

동초, 대답 없이 유리를 쳐다보기만.

유라   알아, 오빠가 병원에 얘기해준 덕에 수술은 문제없는데, (다음 말을 망설인다) 아이참!

동초   뭔데 그래?

유라   머릴 민대니까! 가발이든 뭐든 해야 할 거 아냐!

동초   (기가 막혀 헛웃음이) …… 이번엔 이런 방식으로 결국, 또 돈 얘기구만.

유라   오빠. 나 원래 돈 얘기 싫어해.

동초   현관 키 선반에 봐봐.

유라   (기분 밝아져) 줄 거면서 꼭 그래. 근데 오빠…… 진짜 나, 돈 얘기 싫어해. 시 좋아해, 시…… 내가 요즘 꽂힌 거, 들어볼래?

토드백에서 폰 꺼내 액정을 밀고 터치, 침을 삼키고, 액정을 보며 낭송한다.

유라   온 동네가 가난을 식구처럼 껴안고 살던 시절, 언니와
난 일수 심부름을,[2]

동초   시끄러…… 가난도 돈 얘기야.

유라   언젠 돈이 전부가 아니라더니.

동초   돈 없는 게 가난이니까 가난도 돈 얘기지. 돈이 전부가
아니니까 가난 얘기 하지 말란 거 아냐.

유라   그러니까…… 가난까지면 전부라구.

동초, 소통이 안 되는 방금의 대화에 심기가 불편하다.

동초   얼마나 걸린다고?

유라   일주일? 아님 한 열흘. 아쉬울 거 없으면서 괜히 물어.
여행은 그때 가, 오빠.

유라는 토드백에 폰을 넣고 동초를 한번 쳐다보고는 나간다.
심드렁한 동초, 다시 모션비디오게임에 열중한다.

다시 유치장.

---

2) 시집 『왼손의 쓸모』, 김나영, 천년의 시작, 2006, 106p, 〈어느 가난한 섹스에 대
한 기억〉 중에서.

태경	그 집엔 왜 갔는데?
재은	확인할 게 있어서.
태경	뭘?
재은	…… 사진.
태경	사진? 무슨 사진?
재은	…… 비어 있는 줄 알고 들어갔는데…… 분명히 항공권
	예약 문자를 봤거든. 근데 …… 늙은이가 있었어.

재은, 모자와 마스크를 쓴다.

재은	처음엔 유령인 줄 알았어. 유리에 비친 걸 보고 얼마나
	놀랐는지.

재은, 거실에 들어선 듯, 러닝머신을 뛰는 동초를 보고 놀라 돌아
선다. 머뭇거리다 모자를 푹 눌러쓰고 돌아선다.
흉기가 될 만한 것을 찾는다. 스탠드 따위를 집었다가 다시 와인오
프너를 들고 낮게 소리친다.

재은	돈! 돈 내놔!
태경	갑자기 웬 돈?

재은, 와인오프너를 고쳐들며 동초를 향한 감정 그대로 태경이
한테.

재은   내 얼굴을 아니까 차라리,

태경   도둑 행셀 하다가 튀겠다? 하여간, 제이큐[3] 쩔어.

재은   근데 이 노친네가 쫄지도 않고 되레,

동초   불한당 같은 놈!

태경   (재은에게) 무슨 당?

재은   (동초에게) 무, 무슨 당?

동초   아니 불, 땀 한, 무리 당! 불한당. 땀 흘리지 않는 놈들!

재은   (위협적으로 매우 낮게 소리친다) 시, 시끄러!

동초   방음 제대로야. 그렇게 오바 안 해도 돼.

재은   씨팔! 뒈, 뒈질 거, 알고 여유야?

동초   이놈, 이거, 아주 전형적인,

동초, 말을 멈춘다.

재은   (거슬리는) 전형적인 뭐?

동초, 대답 없이 빙그레 웃는다. 그러자 발끈한 재은, 어설프게 찌른다.

당황하는 기색 없이 최소의 움직임으로 피하는 동초, 간단히 재은이 손목을 내리친다. 와인오프너가 떨어진다.

---

3) IQ(지능지수), EQ(감성지수)라고 하듯 잔머리 j에 Quotient를 붙여 JQ로 부르는 속어.

동초는 마구잡이로 휘두르는 재은이 주먹을 반발 앞서 피하고 이내 재은이 울대를 손날로 가격한다.

턱 숨이 막힌 재은, 연거푸 기침을 하며 엉거주춤.

곧이어 둘은 동시에 주먹을 내지르는데, 그 주먹들이 정통으로 맞부딪히고, 그 상태로 잠깐 머문 듯…….

이내 재은, 파고드는 통증에 주먹을 제 옆구리에 끼우고 소리소리 지르며 호들갑이다.

동초는 재은이 정신 차릴 틈도 없이 어깨를 잡고 무릎으로 복부를 찍는다. 멱살을 쥐고 질질 끌어다 러닝머신 손잡이에 뒷덜미를 비틀어 걸고 다시 한 번 풀스윙으로 복부에 주먹을 꽂는다.

재은, 덜미를 빼려고 발버둥치다가 복부를 얻어맞는 순간 덜미가 빠지면서 동초의 발 아래로 고꾸라진다.

동초, 어딘가 전화를 하려다 그만둔다. 고꾸라진 재은을 본다. 마스크를 벗기려 한다.

재은, 벌떡 일어나 동초를 들이박고 뛴다. 암전.

태경   늙은이 하날 못 이겨?

다시 밝아지면, 철창을 사이에 두고 마주 선 이재은과 김태경.

재은   그냥 늙은이가 아니야.

태경   너, 무슨 짓을 한 건지나 알아?

재은   …… 육십 갓 넘었을 거랬지?

태경	절도에 노인 폭행미수야! 그것도 그나마 얻어터져서.
재은	삼십구 년생이야. 내년, 아니 몇 달 후면 여든이라구. 팔십!
태경	내가 지금 나이 알재니?
재은	개인트레이너가 짜준 프로그램대로 하루종일 운동만 해. 각종 영양제에 보양식품, 그래서 몸뚱이가 이십 년 전으로 점프한 거야. 억이 넘는 스포츠카에,
태경	그 차 유릴 깨고 잡힌 거야, 너. 현행범으로.
재은	무슨 레이싱걸 같은 애들만 데리고 다닌다구.
태경	레이싱걸? 결국 질투야?
재은	질투? (웃는다)
태경	드립 그만 치고 무조건 빌어. 무조건 잘못했다고, 술 취해서 기억 안 난다고!
재은	(버럭) 술 안 먹었다니까!…… 두고 봐. 그냥 풀려날 테니까.
태경	무슨 수로?
재은	모래알이나 바윗돌이나 물에 가라앉는 건 마찬가지니까.
태경	메타포 싫다니까. 비유법이 가뜩이나 모호한 세상, 더 뭐 같이 만든다니까.
재은	그래, 그치만…….
태경	늙은이가 바윗돌이란 거야? 넌 모래알이고?
재은	이 복잡한 상황과 더러운 기분을 설명할 방법이 없잖아.
태경	왜 가라앉는 건데? …… 가라앉는 데가 어딘데?

라이터 켜는 소리에 무대 한 귀퉁이, 의자[4]가 밝아진다.

민유라가 앉아있다. 유라는 손가락에 생담배를 끼고 라이터 켜기만 가끔 반복한다.

테이블을 사이에 놓고 맞은편에 태경이 앉는다.

유라   회사가 어디라구?

태경   파트타임이라 한 군데서만 일한 게 아니에요.

유라   전부 쌩 깠대?

태경   전부는 아니구요, 덜 주거나 나중에 준다고 자꾸 미뤄서.

유라   그래서 찾아가 패악질을 부린 거고?

태경   …… 알고 보면 여린 애예요.

유라   지 남친이라고 편드는 거봐. 남자 다 똑같애. 돈 없어 착한 거야.

태경   그렇다면 평생 착할 거예요.

유라   (웃는다) 척 하는 거, 평생은 어려울 걸. (담배를 보이며) 이거처럼.

태경   비유가 좀 안 맞는 거 같은데요?

유라   뭐가 안 맞니? 끊었다고 큰소리 쳤다가 결국 피는 거나, 지만 아는 사내들 돈 없어 착한 척 해봐야 결국 지밖에 모르는 거나, 똑같지.

---

4) 제3의 장소로 '카페'일 수 있으나 테이블과 의자만 사용한다.

태경, 대답 대신 고개를 숙인다.

유라   자세히 얘기해봐. 일한 데가 어디 어딘지, 받을 돈이 얼
       만지, 패악질이 아니면 뭔지.

태경, "네?"라고 묻는 것처럼 쳐다본다.

유라   스토릴 알아야 도와도 돕지.
태경   저도 잘은 몰라요. 그러니까…… 면접에서 자꾸 떨어져서,
유라   취직 시험?
태경   (끄덕인다) 그러다 대학원을 갔는데, 돈 땜에 휴학을 했거
       든요. 세컨케이라는 회사에서 번역 알바를 했는데, 거기
       서 다른 회사를 또 연결해줘서 일이 좀 많아졌어요. 받
       을 돈이 꽤 된다고 기분도 좀 내고 그랬는데,
유라   못 받은 게 얼만데?
태경   …… 사백 정도 되나 봐요. 돈 달라고 몇 번을 찾아갔는
       데 사장이 자기도 이름만 사장이라고, 자기도 못 받은
       돈이 있는데 짤릴까 봐 말도 못 하고 있다고,
유라   바지였구나? 실제 사장은 따로 있는.
태경   연결해준 다른 회사까지 알고 봤더니 실제 주인이 같은
       사람이었대요.
유라   세금 뜯길까봐 회사를 나눈 거야, 그거.
태경   근데 그 실제 주인이 개인적인 일로 사람을 구한다고,

가서 일해주고 돈 달라고 얘기 좀 해보라고,

유라 그래서 갔다가 분노 폭발, 차 유릴 작살냈다? 니 남친은 엄마, 아빠도 없대니?

태경 있지만 없는 거처럼 그래요.

유라 누가? 남친이?

태경 서로가 다요. 이혼하고 재혼해 이민 가고…… 강북 살고.

유라 (생담배를 물었다 떼고 입김을 불며) 뭐, 그런 거지. 후회하지 않겠어? 결혼한 것도 아닌데 뭐하러 니가 나서?

태경, 생각이 많은 얼굴로 민유라를 쳐다본다.

유라 하긴. 니가 지금 무슨 말이 들리겠니? 합의금 얼만지 알아보고,

유라, 토드백에서 카드를 꺼내 테이블에 놓고, 연이어 명함을 꺼내 카드 위에 놓는다.

유라 내 이름 대고, 이 가게 가서 깡 해 갖다 써.

태경 깡이요?

유라 카드깡. 몰라? 백 필요하면 백오십 긁고 백 갖다 쓰는 거야. 물론 갚을 건 백오십이고.

태경 이자가 오십 프로나 돼요?

유라 그래서 깡이야.

태경　깡다구 없으면 못 쓰는 돈이다 그건가요?

유라　방식이 깡패라서 깡이야. 그렇다고 쫄 거 없어. 이자는 금액 따라 다르니까…… 싫어?

유라, 카드와 명함을 다시 집으려는데, 태경이 얼른 집는다.

유라　(피식 웃으며) 개인적인 일이라는 게 뭐야?

태경　네?

유라　아까 그랬잖아. 실제 주인이란 자가 개인적인 일로 사람 구한대서 남친이 갔다며?

동초와 나란히 소파에 앉은 재은, 태블릿 PC를 보며 facebook 사용법을 가르쳐주고 있다.

재은　사진은 업로드 안 해도 돼요. 안 하면 사람 모양에 실루엣이 나타나니까요.

태경　매뉴얼 읽어주고, 가르쳐주는 그런 일이었대요.

유라　매뉴얼?

동초　성별까지 감춰주는구만?

재은　감추는 게 아니라 드러내지 않는 거죠.

동초　그게 속이는 거지. (웃는다) 남자 아니면 여자뿐인데.

재은　어린애들 사이트도 중성적인 이미지를 써요. 아니면 여자간호원을 남자간호원과 나란히 있게 한다든지,

동초　뭘 또 그렇게까지. 당연한 걸 당연하게 보여주는 게 뭐가 어때서.

재은　(뜨악하게 쳐다본다) 당연하지 않아서 당연하게 안 보여주는 걸 거예요. 그 다음에 이건,

동초　그건 알아. 근데 좋아요밖에 없나? 싫어요는 없어?

재은　얼마 전에 생겼어요. 이거 누르면 이게 싫어요예요.

동초　얼마 전에 생겨? 없을 땐 어떻게 했는데?

재은　싫은 건 무관심으로 충분하니까요.

동초　무관심은 있었나?

재은　좋아요를 누르지 않으면 그게 무관심이죠.

동초　나원, 별. 가입자 개인정본 나중에 수정할 수 있다며? 그걸 속이면 어떡해?

재은　속이면 속는 거죠.

동초　사기 치는 놈들 못 만나봤구만.

재은　사기는 돈이 목적이잖아요. 이건 관계가 목적이거든요. 자기 과시로 속인다고 해도 아마 자연스레 도태될 거예요.

동초　(웃는다) 사기도 관계야. 범죄도, 혼자 방구석에 처박혀 있는 것도 전부…… 이 태그라는 건 뭔가?

재은　죄송한데 오늘은 여기서…… 시간이 20분이나 초과라서요.

동초　(시계를 본다) 그렇군. (지갑을 찾다가) 잠깐만.

동초, 돈을 가지러 방으로 들어간다.

그 사이 재은, 무심히 일어나 주변을 둘러보다 벽에 걸린 사진 앞에 머문다.

무대 한켠의 테이블. 민유라는 갈 채비를 하며 일어난다.

태경　　언니. 고마워요.

유라　　그런 말 듣자는 거 아니야. 엄연히 투자니까.

태경　　네?

유라　　이런 일 아니래도 연락도 좀 하고 놀러도 좀 오고……
　　　　　근데 그 사진이 뭐래니?

태경　　…… 대통령이랑 교황이 악수하는 사진이요.

유라　　교황? 그거 대형 참사 덮겠다는 쇼라던데. 마약 연예인,
　　　　　자살 연예인 갖고 안 되니까. 교황 부르는 비용, 장난 아
　　　　　니래.

태경　　그러니까요. 그깟 사진이 뭐가 특별하다고.

재은, 객석을 바라보며 또박또박 얘기한다.

재은　　그리고 신축 법원 개관기념 테이프 커팅식 사진.

태경, 말없이 유라에게 목례를 한다.

유라 청사 신축 붐이래니? 이젠 하다하다, 하여간 돈이 문제
야. 돈이.

유라는 피식 웃으며 어둠 속으로 사라진다.
태경, 유라를 바라보다가 돌아선다.
어둠 속으로 사라졌던 유라, 다시 나와 선다.

유라 …… 태경아, 잠깐만.

태경, 외면하고 서서 귀밑 머리카락을 꼬고 있다.

태경 …… 네?
유라 그 노인, 이름이 혹시.

민유라, 서 있는 상태로 어둠에 묻힌다.

재은 요즘 사진이 아니야. 삼십 년, 사십 년 전 것들이야.

천천히 걸어가 액자를 사이에 두고 재은이와 마주 서는 태경.

태경 사진 속에 그 늙은이도 있었던 거야?

재은, 고개를 끄덕인다.

재은	며칠 전 포탈에 뜬 기획기사에 실린 거랑 같은 사진이었어.
태경	무슨 기획기사?
재은	광복 70주년, 우리는 과연 해방되었는가?
태경	그게 기획기사 제목이야? 거기 그 늙은이가 나왔다고? 엄청 무서운 인간 같은데?
재은	무서운 인간이 왜 숨어 사냐?
태경	숨어 살다니?
재은	자기 이름으로 된 회사도 없고, 하다못해 집에 날아오는 우편물도 전부 다른 사람 이름이었어.
태경	누구?
재은	그걸 내가 어떻게 알아?
태경	…….
재은	켕기는 게 없으면 여기 나와 피해자 조서를 쓸 것이고,

그때 '지이잉 철커덕' 하고 철창 열리는 소리 들린다.
곧이어 스피커를 통해 경찰관 음성이 들린다.

(경찰)	이재은 씨. 나오세요.
태경	(어리둥절. 객석을 향해 마치 경찰관한테 말하듯) 그, 그냥 가면 되나요?
(경찰)	마음씨 좋은 분 만난 겁니다. 운 좋은 줄 아시우.

31

이재은, 철창 밖으로 나온다.

김태경, 객석 쪽에 경찰이 있는 양, 재은과 객석 쪽을 번갈아 보며 따라간다.

심장 뛰는 소리가 매우 작게 들린다.

재은   켕기는 게 있으면…… 이렇게 날 그냥 내보내줄 거란 거지.

태경   (황당하고 놀라운) 그거 시험하겠다고, 미쳤어!…… 그 다음엔?

재은, 대답 없이 운동화 끈을 단단히 묶는다.

심장 박동 소리 점점 커진다.

태경   켕기는 게 뭔진 찾았어? 협박해서 돈 달래겠다는 거 아녔어?

재은   내 돈인데 그게 왜 협박이야?

태경   어쨌든 증거가 있어야지. 뭘 하든 간에.

심장박동 소리가 매우 크게 들린다.

재은, 갑자기 가슴을 움켜쥔다. 호흡이 빠르고 받아진다.

태경   왜 또 그래? 갑자기 뭐 때문에, 무슨 생각을 했는데?

태경, 익숙한 듯 재은이를 부축해 앉히고, 셔츠 단추를 끄른다.

태경   켕기는 건 늙은이라며, 왜 니가 이래?

재은, 겁에 질린 눈빛. 사방을 두리번거린다.
몸이 경직되어 주저앉는다. 손에 쥐가 난다.

태경   약 먹었어? 다른 생각해! 안 먹었어? 어딨어, 약?
재은   벼, 병원.
태경   병원 가봐야 병이나 옮지 별거 해주는 것도 없잖아.
재은   아니, 그게 아니라,
태경   공황장애 때문에 죽은 사람은 없다, 그 말 한마디 듣겠
         다고 또 돈 쓸래?

태경, 재은이 입에 호흡기처럼 양손을 이어서 대준다.
재은, 태경이 손에 대고 숨을 쉰다. 그래도 진정이 되지 않는다. 밭
은 숨 때문에 어지럽다.

태경   아! 약이 없구나? 그치?

태경, 다급하고 간절하게 객석을 향해 외친다.

태경   여기 가까운 병원이 어디죠? 사람 좀 불러주세요! 네?

재은, 밭은 숨이 더욱 빨라진다.

태경   도와주세요. 제발 누가, 누가 좀 도와주세요!

암전.

* *

거울 앞에 동초, 부드럽고 고급스럽게 보이는 회색 바지에 체크무
늬 셔츠를 걸치고 보색의 보타이를 매고 있다.

테이블에는 은촛대에 꽂힌 양초와 와인, 와인 잔, 그리고 달력 기능
이 포함된 전자잉크 자명종이 있다. 자명종에 날짜가 10월 26일[5]
로 바뀐다.

동초, 재킷까지 갖춰 입고 거울을 보며 잠시 상념에 잠긴다. 라이터
를 켠다. 가스가 다 됐는지 불이 붙지 않는다. 라이터를 찾느라 나
간다.

텅 빈 거실에 출입문 버튼 소리가 들린다. 곧이어 현관문 쪽에서
태경이와 재은이가 들어온다.

태경　(속삭인다) 우와, 진짜 갑분가 봐.

재은, 벽에 걸린 사진 앞에 가 선다. 주머니에서 약병을 꺼내 알약
을 입에 넣고 삼킨다.

태경이도 잰걸음으로 다가가 나란히 사진을 본다.

---

5) 이 날짜는 인동초가 모시던 예의 인물이 타계한 날이다. 그 날짜가 1979년 10
　월 26일과 동일하다.

태경   정말이네. (웃는다) 다들 활짝 웃는데, 뭐가 이렇게 혼자 심각하대?

동초, 오래된 육각성냥을 들고 들어온다.
둘을 발견하고 멈칫, 그러나 내색 없이 소파에 앉는다.

동초   수행원들 웃지 못하게 교육 받아. 그래야 지도자 미소가 돋보이지.

태경   …… 수행원 같지는 않은데.

재은   벨도 안 누르고 불쑥 왔는데 놀라지도 않으시네요.

동초   이 집에 오는 사람, 뻔해. 수업 때마다 초인종 소리 듣기 싫어 번호 알려준 건데, 뭐하러, 왜 놀라? 그리고 범인이 범행 현장에 다시 나타나는 건 당연한 거야.

태경, 재은 등 뒤에 달라붙으며 속삭인다.

태경   거봐, 다 알 거랬잖아. 벨 눌렀으면 문도 안 열어줬을 걸?

동초, 태경을 히뜩 쳐다보고는 초에 불을 붙인다.

동초   그 일 때문이라면 신경 쓰지 말고 그만들 가봐. 난 지금부터 할 일이 있으니까.

재은이와 태경, 갈 생각은 않고 가만히 서 있다.

동초 멍청하긴. 풀어주라고 한 거 보면 몰라? 신고 안 해.

재은 그게 아니라,

동초 사과도 필요 없어. 사과 받으려고 풀어준 거 아니니까. 저질러 놓고 사과하고 받아주고, 코미디야?

재은 저는 단지,

동초 용서해서 그런 건 더더욱 아니야.

재은 (빈정 상한다) 용서? (비웃는다) 그럼 왜죠?

동초 …… 문제 삼기 귀찮으니까.

태경 (키득거린다) 어떡해? 우린 문제 삼으려고 온 건데.

재은이가 먼저 소파에 앉고, 그 뒤를 따라 태경이가 옆에 앉는다.
동초, 무표정이지만 시선은 '어딜 앉어?' 하는 듯.

재은 …… 돈 주셔야죠.

동초 무슨 돈? 그런 짓을 해놓고 가불 얘긴 아니겠지? 그리고 이미 다른 선생 구했어.

재은 저를 소개시켜준 박 사장님, 그리고 세컨케이 전 사장님, 둘 다 제 번역 알바 페이가 밀렸거든요. 그 회사들 실질적인 주인 되시니까.

태경, 입김을 불어 촛불을 끈다. 그 행위가 동초 신경을 건드린다.

동초   (태경이한테) 아가씬 누구야?

태경   여친인데요.

동초   여친이 이름이야?

태경   (기가 막혀) 김태경이요.

동초   무슨 여자 이름이 그래? 그리고 여자 친구면 여자 친구지, 여친이 뭐야?

태경   (짜증스럽다) 대박.

재은   두 회사 직원들도 보너스가 세 번이나 밀렸다던데요?

동초, 재은이를 한동안 쳐다본다.

태경   (겁나는 듯 재은이한테 속삭인다) 왜 저래?

동초   회사에 기여도를 인정해 주는 게 보너스야. 기여한 게 없어 안 줬는데 뭐가 문제야?

재은   연봉 계약 때 보너스 육백 프로로 사인했다던데요?

동초   지들이 육백프로 공헌을 했대? 박가 놈이 그래? 전가 놈이 그래?

재은   아니, 그게 아니라,

동초   …… 홍길동이냐? 불쌍한 민초들이 지들 돈까지 받아 달래서 왔어? 혼자 오기 겁나서 (새끼손가락 들어 보이는) 이거까지 데리고?

재은   두 사장님들 하고는 아무 상관없어요.

동초   상관있다 그러면 내가 그놈들 해코지라도 할까봐? 그깟

은폐, 엄폐가 의리 같애?

재은 팩트가 그렇다는 거예요!

동초 팩트는 얼어 죽을. 한국말 몰라?…… 얼마야?

재은 네?

동초 니놈 받을 게 얼마냐고.

태경 (끼어든다) 얼마까지 주실 수 있는데요?

재은 가만있으라니까.

태경 원금만 받으면 그게 보상이니?

재은 내 얘긴,

태경 자료조사 누가 했는데? 난 여기 왜 왔니?

동초, 자신을 안중에 두지 않고 둘만의 대화에 언쟁까지 하는 이들
의 태도가 거슬린다.

동초 뭐하는 짓들이야?

재은, 태경이를 신경 쓰면서 다시 동초한테 하던 얘기를 잇는다.

재은 …… 거꾸로 계산을 하면,

동초 얼만지도 모르고 일했어? 역산을 왜 해?

재은 처음 금액을 정할 때 이미 반으로 후려친 거예요.

태경 그건 그때 얘기했어야지.

재은 (발끈해서) 그땐, (동초한테) 어, 어쨌든 돈 받으러 여섯 번도

더 갔으니까 그 시간에 대한 기회비용에,

동초　니놈이 깨먹은 차유리가 얼만 줄 알아?

재은　반의사불벌죄. 모르세요? 할아버지가 풀어주라 해서 경찰이 풀어준 거니까 그건 이미 끝난 거죠.

태경, 계속하라는 듯 재은이를 툭 친다.

재은　…… 정신적 피해보상에, 그리고 차비에,

동초　(버럭) 그래서 얼마냐고?

재은, 마치 누군가 뒤에서 일부러 놀래키기라도 한 양 매우 심하게 깜짝 놀란다.

동초　시간 없어. 얼마야?

동초, 선뜻 대답을 못 하는 둘을 쳐다보며 일어난다. 지갑을 집어 수표와 현찰을 꺼낸다.

동초　오류백 될 거야. 내가 지금 바빠서 봐주는 거니까.

동초, 테이블에 던지듯 돈을 놓는다.
재은, 돈을 집으려는데, 그 손을 저지하는 태경.

태경   …… 삼십삼 년 십이월 이십육일 생, 공수특전사령관 출
       신 국회의원…… 맞죠?

동초   장난칠 시간 없으니까, 그거 주워서 돌아가.

태경   중앙정보부장을 거쳐 국가안전기획부장까지 지내셨고.
       근데 쌍팔년 이후로는 기록이나 자료가 없더라구요? 이
       름은,

동초   어딜 자꾸 끼어들어, 기집애가?

태경, 기가 막힌다.

재은   이름은 인. 동. 초.

동초, 의미를 알 수 없는 미소를 지으며 재은이와 태경이를 쳐다
본다.

동초   그래. 내가 지금 너희들이 말하는 그 사람이라고 치자.

태경   치자?

재은   나는 인동초가 아니지만 니네가 그렇다니까 어디 니네
       말대로 가정해보자, 뭐 이런 건가요?

태경   물론 뒤에는 부정적인 의미가 기다리고 있겠지만.

동초   버르장머리 없는 것들! 이름 석 자가 협박 거리가 되냔
       말이야?

태경   협박 같애요?

재은　어떤 사람이냐에 따라 이름이 증거일 수 있잖아요.

태경　그러니까 협박인 걸로.

이재은, 증거를 제시하듯 허리 뒤춤에 끼어둔 신문을 꺼내 동초 앞에 펼쳐 놓는다.

동초　(신문은 쳐다보지도 않고) 그래…… 그 인동초가 어떤 사람인데?

태경　숨어 사신다면서요. 회사도 자기 명의가 아니고. 켕기는 게 있어서 그냥 풀어주라 그런 거 아닌가요?

동초　…… 그게 전부야?

태경　이 정도면 충분한 거 아닌가?

동초　(웃는다) 둘이서만 온 거야? 누구 또 같이 온 사람 없고?

재은　왜요? 우리 둘뿐이면요? 또 때리게요?

태경　진짜 무섭다.

동초　무서운 건 알아? 호의를 베푼 늙은이한테 뭐? 무단가택 침입죄가, 협박죄가 얼마나 중죈 줄 알아? 좋게 말로 할 때 내 집에서 나가. 이 비굴하고 비루한 놈들.

재은　그럼 할아버진 비열하고 비겁한 건가요?

사이.

동초　거참, 요즘 것들, 나를 무진장 싫어하는구만. 나한테 당해보지도 않고.

재은, 핸드폰을 꺼내 액정화면을 터치한다. 그러자 방금 전 녹음된
소리가 들린다.

녹음   "거참, 요즘 것들, 나를 무진장 싫어하는구만. 나한테 당
         해보지도 않고."

동초   이 자식이!

동초, 태도 돌변하여 재은이의 멱살을 잡아 일으킨다.
이재은, 멱살 잡힌 채 실실 웃는다.

동초   웃어?

태경, 핸드폰으로 사진을 찍는다.

태경   한 대 치셔도 좋겠는데요?

동초   그 핸드폰 이리 내! 요망한 년!

태경   내가 그랬지? 이거 통한다고!

동초, 셔터음에 재은이를 밀어 넘어뜨리고는 태경이한테서 핸드폰
을 뺏으려든다.
이리저리 도망치며 계속 사진을 찍는 태경.

재은이까지 폰을 들고 사진을 찍는다.

동초   이 빨갱이 새끼들이!

재은   이렇게까지 화 낼 필욘 없잖아요.

태경   눈 봐. 막 떨려. (웃는) 갈등 하나봐.

재은   아니면 아니라고 주민등록증을 까 봐요!

태경   실종신고 장기미결 처리된 분인데 어떻게 민증을 까니?

재은   인동초가 아니에요? 아니냐구요? (태경에게) 경찰 불러.

태경, 폰에 112 버튼을 누르고 통화버튼을 누르기 전에 액정을 동초한테 보여준다.

태경   난 뉴스에 얼굴 팔리는 거 싫은데. 진짜 아닌가요?

동초, 골프채를 집어 위협하듯 휘두른다. 매우 위압적이다.
그 기세에 밀려 뒷걸음질 치는 재은, 넘어진다.

동초   (소리친다) 썩어빠진 것들! 그래, 내가 인동초다! 내가, 내가 인동초야!

그때, 태경이 품에서 무엇인가를 꺼내 동초의 등에 갖다 댄다.
동초, 경련을 일으키다 맥없이 쓰러진다. 전기충격기로 지진 것이다.

암전.

이내 다시 밝아지면, 얼마 간 시간이 경과된 상황으로, 동초는 쓰러져 있다.

재은 (흘끔흘끔 동초를 본다) ······ 괜찮은 거지?

태경 안 괜찮아도 괜찮아. 이 전기충격기 회사, 보상보험으로 유명하니까.

재은 그냥 저 돈 갖고 갈까?

태경 오륙백이면 원금 수준인데, 그게 보상이니? 그리고 지금 이 상황에 늙은이가 가만 있을 거 같애? 진짜 도둑으로 몰면 어쩔 건데?

재은 너무 욕심을 부렸어.

태경 이건 애초에 니 생각이었어.

재은 원래 내 생각은,

태경 시작을 했으면 한번이라도 끝을 봐라, 쫌!

재은 뭐?

태경 짜증나! 가, 그럼.

재은 그만두자는 게 아니라,

태경 됐고. 그러니까 후회할 거면 가자고.

그때 깨어난 인동초, 갑자기 태경이의 다리를 잡는다.

태경   (기겁해 소리친다) 엄마야! 저리 가! 이거 안 놔? 어떻게 좀
해봐!

태경, 소리소리 지르며 발버둥을 친다.
재은이 전기충격기를 들고 우물거린다.
심장박동 소리가 들린다. 점차 거세진다.
재은, 숨이 빨라진다. 전기충격기 사용법을 헷갈려 하다가 급한 마
음에 태경이한테 건넨다. 그리고는 주머니에서 약병을 꺼내 알약을
먹는다.
그때 인동초가 옷자락을 잡아당겨 넘어진다.
넘어지면서 팔목을 테이블에 부딪친다.
약병에서 알약들이 쏟아진다.
태경, 발버둥을 치면서 전기충격기로 다시 동초를 실신시킨다.
심장박동 소리 사라진다.
사이.
재은, 알약을 주워 약병에 담는데, 태경이 원망 어린 눈으로 쳐다
본다.

재은   그게 아니라, 눌러도 작동을 안 해서,

태경   전원을 켜야 작동하지. 그러구두 남자냐? 아이티 전문가
라며?

재은   전기충격기가 아이티냐?

태경   아, 몰라. 배고파.

재은   먹을 거 좀 찾아볼까?

태경   저 할아버지 어떡할 건데? 또 깨어나면 어쩔래?

재은, 아픈 팔목을 주무르며 회전의자를 가져와 힘겹게 인동초를
앉힌다.
그 모습에서 암전.

동초   물! 물 좀 줘! 물!

밝아진다. 동초, 손이 뒤로 묶인 채 바퀴 달린 회전의자에 앉아
있다.
태경, 동초를 쳐다보지만 별다른 조치 없이 스마트폰으로 무엇인가
를 검색하고 있다.
재은, 손목에 붕대를 감고 있다.

재은   물 좀 줘.

재은, 태경이에게 붕대 감고 있는 손을 들어 보인다.
태경, 귀찮은 듯 테이블에 놓인 물주전자를 건네는 데, 재은, 턱짓
으로 동초를 가리킨다.

재은   나 말고,

태경, 샐쭉거리며 동초의 입에 주전자를 대준다.

벌컥벌컥 마시는 동초, 다 마신 양 입에서 물린다. 침을 뱉고 숨을
고른다.

동초   …… 전기총까지 준비를 하고.

태경   전기총 아닌데, 전기충격긴데.

동초   목적이 뭐야?

재은, 동초의 질문에 시선을 대경이에게 옮겼다가 다시 동초를
본다.

재은   위자료.

동초   (자조하듯) 젊은 것들이 늙은이한테 위자료?…… 그래, 돈
을 주면,

재은과 태경, 무슨 소린가 싶어 동초를 쳐다보고 서로를 멀뚱히 쳐
다본다.

동초   가져갈 순 있겠어? 무슨 방법으로 어떻게 가져갈 건데?
(기침을 심하게 한다)   CCTV 때문에 인출기 근처도 못가는
세상이야…… 얼굴을 가려도 별 수 없지. 내가 이름까지
아니까…… 계좌이체를 한다고 해도 내역이 남아. 설사
했다 해도 어디서든 현금을 뽑아야 하는데, 마찬가지지.

대포통장[6]도 그렇고…… 나를 죽이면…… 신고는 못할 테니 시간이야 좀 벌겠지만,

태경 (재은에게) 살인이 공소시효가 25년이지?

재은 태완이법 몰라? 사형에 해당하는 살인죄만 공소시효 폐지됐어.

동초 형법 제250조 살인, 존속살해. 251조, 영아살해, 252조 촉탁, 승낙에 의한 살인과 교사방조로 자살케 한 죄! 모두 폐지됐어. 이 경우는 250조에, 252조에 해당되고.

재은 평생 불안하게 쫓기면서 살겠군.

태경 (웃는) 영화 같다.

동초 지금 세상엔 니들 맘대로 내 돈을 가져갈 방법 자체가 없단 얘기야.

태경 근데 불안한 건 싫다, 진짜. 안 그래도 미치겠는데.

동초 알아들으니 다행이군. 그렇다고 방법이 전혀 없는 건 아니야.

재은이와 태경, 동초를 쳐다본다.

동초 내가 그냥 주면 돼. 어거지로 가져갈 순 없지만 내가 주는 건 괜찮으니까.

---

6) 금융실명제를 위반하고 제3자의 명의를 도용해 만들어, 통장의 실사용자와 명의자가 다른 통장을 말한다. 금융경로의 추적을 피할 수 있어 주로 탈세·금융사기 등의 범죄와 연결될 가능성이 높다.

재은 그러니까 결국 할아버지 맘대로다, 그거네요.

동초 오늘은 나한테 꽤 중요한 날이야. 없던 일로 할 테니까, 우선 이거부터 풀고,

태경, 웃음이 터진다.

태경 물론 주는 것도 방법이죠. 하지만 줄 수밖에 없는 것도 방법이거든요. 아까 본인이 직접 인동초라고 인정한 거 기억 안나요?

재은 천구백칠십사 년 국가보안법 위반, 스물세 명 구속, 그 중 여덟 명 사형. 사형선고 십팔 시간 만에 형 집행! 이거 할아버지 업적이라는 소문이 있던데, 맞죠?

동초 이 나라, 사형 집행 못해본 지 오래됐어.

재은 (폰 보며) 마지막 사형 집행이 구십칠 년 십이월이었잖아요. 이건 훨씬 전이구요.

동초 난 판사가 아니야. 무슨 재주로 사형을 시켜?

태경 그때 그 시절, 중앙정보부장이면 그 정돈 껌이라던데요?

재은 오일팔 최초발포명령 혐의자 중에도 인동초라는 이름이 거론되고 있어요.

태경 난 왠지 이것도 할아버지가 아니었을까 싶은, 알지? 느낌적인 느낌.

동초 증거를 대. 증거를.

태경 증거? 이해를 못 하시네. 할아버지가 증거라니까요.

재은   납치, 암살 루머가 있었죠. 실제로 실종신고가 접수됐고. 하지만 경찰은 찾아보지도 않고 장기미결로 처리했어요!

태경   근데 여기 이렇게 버젓이 살아 숨 쉬는 걸 사람들이 알면? 메가슈퍼울트라 대박!

재은   팔팔 올림픽 이후로 기록도 하나 없고, 납치 암살됐다는 추측성 보도만 두어 개뿐이에요.

태경   그것도 정치면도 아닌 사회면에. (폰 화면을 보고 읽는다) 전 국가안전기획부장 출신 인동초가 파리 시내 한 카지노 근처 레스토랑에서 납치됐다는 제보다. 자신을 암살 실행조였다고 밝힌 제보자는 인동초와 내연 관계에 있던 여배우 씨양이 보낸 사람으로 위장해 인동초를 승용차에 태운 뒤, 밤 열한 시경, 파리시 서북 방향 외곽 사킬로미터 떨어진 외딴 양계장으로 데려가 분쇄기에 집어 넣어 암살했다고 전해왔다. (재은에게) 이 신문, 진짜 웃겨. 세계 제 이의 정보력을 자랑하는 프랑스 정보기관에 들키지 않으려고 양계장 분쇄기를 선택한 거래.

재은   누가?

태경   제보자가. 암살 실행조. 암살을 일 년 전부터 준비했댄다. 이스라엘 텔아비브에 본부를 둔 비밀정보기관 모사드에 파견돼 특수훈련까지 받았대.

동초   …… 몇 살이야? 니들, 동갑이야?

재은   전 스물아홉이구, 앤 여덟인데요. 왜요?

태경 씨양이 누구예요?

재은 쓸데없는 거 묻지 마.

태경 뭐가 쓸데없니? 이십오 년 전이나 지금이나 똑같잖아. 그러니까 당연히 한국의 여배우 씨양이 궁금하고. (문득) 암살당했다고 제보하자는 건 누구 발상이니? 그게 또 성공했다! 나, 진짜 멘붕. 익명에 편안한 말년이 퇴직금 이야?

동초 니놈들 태어나기도 전이야. 뭘 안다고 떠들어?

태경 (기가 막힌다) 대박. 사망한 걸로 위소도 하고 이름도 바꾸고, 그 정도 노력은 해야하는 거 아녜요? 국민에 대한 최소한의 예의상!

재은 그만 해.

태경 실종신고만 해놓고 그냥 살잖아! 거짓 제보쯤이면 여론도 잠잠할 거다, 아무 문제없을 거다, 그거잖아. 뭘 그만 해?

재은 시간 없으니까 우리 용건부터 해결하자고.

태경 지금처럼 인터넷이 없었으니까, 여론 따윈 있지도 않았을 거 아냐. 헛소문, 진실 만드는 거 좀 쉬웠겠어?

동초 (소리 지른다) 시끄러!

큰소리에 또 다시 버릇처럼 놀라는 재은.

태경 왜 소리를 지르구 난리예요? 애, 자꾸 놀래잖아요!

그리고 아까부터 내 캐릭터를 주인공 옆에 있는 감정 기복 심한 년쯤으로 아시나 본데요, 그거 아니구요.

동초 이 나라는 아직 반공국가야! 빨갱이 새끼들 남침해서 몇 명이나 죽은 줄 알아?

태경 갑자기 웬 반공?

동초 남한이 백만, 북한 백오십만. 그것도 민간인만. 군인, 외국놈들까지 합하면 사백만이 넘어. 일, 이차 세계대전 다음으로 많은 숫자야! 그게 육이오 동란이야! 미국은 한국전쟁, 중국은 항미원조전쟁, 일본은 조선전쟁, 북한은 조국해방전쟁이라 부르는!

태경 각자 입장이나 관점에 따라 이름 붙이는 거야 당연한 거지.

동초 그 열강 틈에서 사느냐, 죽느냐 오직 그 문제뿐이었어. 같은 민족끼리 못 죽여 안달이니까, 더! 악착같이! 죽여야 살 수 있었으니까!

재은 그게 납치 암살 루머를 퍼뜨리고 숨어사는 거랑 무슨 상관이죠?

동초 내가 잡은 빨갱이, 간첩 새끼들만 팔천 명이 넘어! 그런 내가 은퇴 한다면 북한 놈들이 가만 두겠어? 국민을 속인 게 아니라 북한을 상대로 작전을 한 거야!

재은 (화가 치민다) 작전? 자기 살겠다고 국민을 우롱한 게, 뭐? 작전?

동초 군대에서 전위부대는 전체의 안전을 위해 존재하는 거야. 전위부대 없인 모든 군대의 공격도, 방어도 보장 할 수 없어! 난 이 나라, 이 땅에 전위부대야!

재은 목숨 바쳐 지켰으니까 말 들어라 이거야? 뭘 지켰는데? 말 안 듣는다고 수백, 수천 명을 죽여 놓고!

동초 대가리에 피도 안 마른 놈이 어디서 반말이야?

재은 씨발 늙은이, 어디서 궤변이야!

태경 그만하자며? 너까지 왜 이래? 그리고 화내지 마.

재은 저 소릴 듣고 화가 안 나?

태경 화내는 건 말에 집중한다는 거잖아. 그러니까 저 늙은이 신나서 계속 떠들고!

재은, 스스로 진정하려는 듯 돌아선다.

사이.

동초 …… 진실에선 피 냄새가 나…… 역겨우니까 불편한 거 야, 진실은.

심장박동 소리 낮게 들린다. 재은, 호흡이 거칠어지고 빨라진다.

태경 (비웃는) 딸 가진 산부인과 의사, 낙태수술 하는 소리 하 시네.

동초 가르쳐줘도 배우지 못하는 모자란 것들. 애국심이라고 는 눈곱만큼도,

재은   애국심? 그게 뭔데?

태경   재은아. 약부터 먹어!

재은   정부 사이트 들어가서 좋아요 눌러주면 되는 건가? 돈이나 처먹고 오리발 내미는 국회의원 새끼들, 조횟수 높여주면 애국이야?

동초   누워서 침뱉기야.

태경   얼른 약 먹으라니까!

동초   진실은 불편하니까, 달콤한 거짓이 좋아서 뽑아 놓고 왜 욕을 해? 삼포세대[7]니 오포세대니 하면서 동정 구걸도 모자라 이젠 돈 내놓으라고 이 밤에 내 집에서 생떼야? 누가 강제한 적 있어? 삼포도 오포도, 반값에 일하고 돈 못 받은 것도 니놈이 자발적으로, 자초한 거야.

재은   개드립 치지 마!

동초   미친놈. 애비 에미도 없는 호로 자식.

재은   연애도, 결혼도, 왜 다 포기하는데! 돈이 없으니까! 직업은 물론 알바조차 할 수 없으니까!

동초   (웃는다) 여자 하나 얻는 게 니놈 미래냐? 돈이 없어 연애를, 결혼을 못 한다고 징징 짜는 거야? (턱짓으로 태경이를 가리키며) 쟤가 싫증난 건 아니고?

재은   뭐?

---

7) 치솟는 물가, 등록금, 취업난, 집 값 등 경제적, 사회적 압박 때문에 연애, 결혼, 출산 세 가지를 포기한 2, 30대 젊은 세대를 말한다. 인간관계와 내 집 마련까지 포기한 오포 세대라 부르기도 한다.

태경   그만 하고 약 먹으래니까!

동초   (위엄을 부리며 호령한다) 네 이놈! 결혼이란 게 돈으로 하는 건 줄 알아? 우리 땐 똥구멍 찢어지게 가난해도 결혼하고 줄줄이 애 낳아 다 키웠어.

재은   싹 다 가난했으니까! 장님 나라에서 장님으로 사는 게 뭐가 힘들어? 지금은 전부가 애꾼데 나만 장님이니까, 나만 병신이니까!

동초   병신이 진짜 육갑을 하네. 니놈들은 돈 없어 포기한 게 아니야! 좀 더 편하게 살 궁리를 한 거야. 연애, 시간 지나면 싫증 날 거 아니까, 결혼 안 해도 얼마든지 아랫도린 해결하니까, 애 때문에 희생 따위 하고 싶지 않으니까! 니놈은 목표 없이 빈둥거리고 싶은 거야. 그래서 희생양 흉내를 내는 거야.

재은   썩어문드러진 늙은이, 안중근, 윤봉길 코스프레야?

동초   웬 줄 알아? 니들 부모, 사는 게 힘들었거든. 돈 벌기 어려웠고, 니들 키우는 게 힘들었고, 결혼생활이 불행했으니까. 그걸 주구장창 봤으니까. 그래서 돈 버는 거, 애 키우는 거, 결혼해서 한 여자한테 매이는 거, 미래가 없다, 핑계를 만들면서 까지 회피하는 거야.

재은, 괴성을 지르며 의자에 묶인 동초의 멱살을 잡고 밀고 간다.

재은   금수저를 입에 문 것들한테나 미래가 있지!

태경 그만하라구, 쫌!

재은 어릴 때부터 영어유치원에 다니는 것들한테나, 어학연수 간다고 비행기에서 기내식 투정 부리고, 외제차 타고 클럽 다닌 것들한테나!

동초 미래는 싸워서 이기고 성취하면서 만드는 거야!

재은 우리 같은 똥수저는 어린이집에서 김치 안 먹는다고 싸대길 맞아! 편의점에서 성추행 당하면서 알바 뛰고도 알바빌 떼여. 알아?

동초 온 나라가 폐허가 되어 눈앞이 캄캄할 때도 다 살았어. 며칠을 굶고 물만 마시고도 살았어! 그렇게 남산 타워를 세우고 육삼빌딩을 지었어. 오장육부 썩는 거 모르고! 피가 나도 그 피가 금방 보이지 않아. 속에서 흐르니까. 몸 밖에 피는 흐르기도 전에 닦아내니까! 우린 눈깔이 빠지면 다시 주워 넣고 심장이 멈추면 다시 뛰게 했어! 산을 옮기라면 옮겼고, 다리가 부러지면 두 팔로 기어서 임무를 완수했어! 불 속을 걸었어! 그렇게 악전고투! 고군분투해서 살만한 세상을 만들어놨더니 뭐?

재은 금수저들이나 살만한 세상이겠지! 금수저는 면접관으로 앉아있고, 우린 구십도 폴더맨이야! 그것도 연줄 연줄로 합격한 새끼들만! 당신이 해외여행 다닐 때 똥수저 독거노인은 연탄 아끼다 혼자 얼어 죽어! 근데 씨발 무슨 미래야!

동초 미래란 과거를 기반으로 하는 거야!

	니놈이 과거에 잘못 산 걸 누굴 탓해?
	지금 여기서 이럴 시간에 열심히 살아봐, 왜 미래가 없어!
재은	그 과거의 아이콘이 당신이야. 모르겠어?
	입법, 사법, 행정, 언론, 교육, 그리고 씨발 재벌! 군벌!
	종교! 모두가 똘똘 뭉쳐 만든 그 좆 같은 과거! 싹 다 한
	통속으로, 권좌의 권력으로 독점 독식 해왔잖아!
	그 기득권 이데올로기를 지금까지 부르짖어?
태경	그만하라니까!

태경, 동초의 의자를 잡아 세운다.

태경 우리가 여기 왜 왔는지 잊었어?

재은 가족들은 다 어디 갔어? 딸래미는 미국 갔나? 원정출산
하러? 이중국적 취득하고 있는 재산, 없는 재산 싹싹 긁
어서 해외로 빼돌리러 갔어?

그러구서 나한테 열심히 살아라? 그러면 미래가 있을 것
이다?

동초 빨갱이 새끼! 촛불이나 켜들고 광화문이나 갈 것이지,
왜 여기서 행패야?

재은 내가 빨갱이면? 인동초, 당신은? 파란색이야?

태경 웃겨. 스머프! (스머프 노래 흥얼대며 종종걸음) 랄라라 랄랄
라, 라라랄랄라.

재은 오직 그 두 개뿐인가? 빨간 거 아니면 파란 거고, 노동자

아니면 자본가, 딱 둘 뿐이야? 죽거나 죽이거나?

태경 너 진짜 계속 이럴 거야?

동초 내가 만든 대한민국은 이렇지 않았어!

돈이 전부 줄 아는 니놈들이, 텔레비전에 나와서 다리나 쩍쩍 벌리고 엉덩이나 흔드는 니놈들이, 밤늦도록 술이나 처먹고 오입질이나 하러 다니는 천박한 니놈들이 이렇게 만든 거야!

재은 애국이 사실왜곡이야? 진실은 애국에 위배되니까 물 타길 했어?

압력을 행사하고, 협박하다가 더 애국하려고 고문을 한 거야?

인격살인을, 학살을 한 거야?

재은, 동초를 죽일 듯이 소리친다.

그 순간 태경이 재은이의 따귀를 때린다.

멈칫, 놀란 얼굴로 태경이를 바라보는 재은, 갑자기 인동초의 따귀를 때린다.

태경 그만해, 그만! 돈 받으러 와서 왜 쓸데없이 화풀이야?

재은, 뒷걸음질 치다 돌아선다.

사이.

복받치는 분노와 슬픔에 와락 눈물이 솟는다.

재은　　화가 나니까! 이러지도, 저러지도 못하니까.

　　　　재은, 호흡이 빨라진다. 또 다시 받은 숨을 쉬는데, 그러면서 운다.

재은　　내가, 내가 할 수 있는 게 없으니까.
태경　　약 먹었는데도 그래? 비겁 떠니까 그렇지!

　　　　재은, 받은 숨을 쉬면서 손가락이, 목과 팔이 경직된다.
　　　　그러면서 태경이 질문에 고개를 끄덕여 대답을 대신한다.

재은　　뭘 어떻게 해도 바뀌지 않으니까. 안 바뀔 거니까.
태경　　약 먹었는데도 그런 거면 어쩔 수 없다. 오분만 버텨. 오
　　　　분이면 끝날 테니까.
동초　　쟤, 왜 저래?
태경　　보고도 몰라요? 공황장애잖아요.

　　　　심장 박동 소리 점차 빨라진다.
　　　　재은, 눈에 눈물이 가득하다. 호흡이 더욱 빠르고 거칠어진다. 어지
　　　　럽다.
　　　　불안한 눈동자, 시선이 어지럽게 흔들린다.
　　　　숨을 할딱할딱 거리다 결국 눈을 뒤집으며 쓰러진다.

동초　　책장 아래에서 두 번째 서랍에 안정제가 있어! 그거 꺼

내서 주사해! 어서!

태경, 머뭇거린다.

동초　우선 소파에 앉아. (태경이한테) 뭐해? 어서 앉혀!

태경　내가 왜요?

동초　일단 앉혀!

태경, 힘겹게, 간신히 재은이를 소파에 앉힌다.

동초　힘을 빼. 팔에 힘 들어갔어. 손가락도. 힘 빼.
　　　　(태경에게) 주물러줘. 두 눈 감기고.

재은, 경직된 몸으로 더욱 숨이 얕고 빠르다.

태경　짜증나! 왜 이래라, 서래라야!

태경이 손으로 재은이의 눈을 쓸어 감겨주고, 팔과 다리를 주물러
준다.

동초　눈을 감아. 코로 숨 쉬어. 마시고 십초, 숨을 멈춰…… 조
　　　　금씩 입으로 내쉬는 거야. 그래, 또 한 번…… 또 한 번,
　　　　그렇게 숨을 쉬면서 부분적으로 힘을 줬다가 천천히 힘

을 빼. 왼쪽 종아리에 힘을 줬다가 빼고, 이번엔 허벅지, 오른팔…… 오른손, 그래, 왼팔, 왼손, 다시 처음부터 반복하는 거야.

(태경에게) 뭐해? 안정제 주사 갖고 오라니까!

태경, 책장의 서랍에서 안정제 주사를 꺼낸다.

동초   주사 놔.
태경   할 줄 몰라요!
동초   이거 풀어! 내가 할 테니까!

재은, 동초의 말에 반응한다. 고개를 들어 태경을 본다.

태경   웃겨, 진짜! 어떻게 하는 건데요? 어디다 놔요? 팔?
동초   간단해. 소독하고 핏줄 찾아서 사십오 도 기울여 찔러.

태경, 소독을 하고 핏줄을 찾는다고 팔뚝을 때린다.
이윽고 주사바늘을 기울여 찌른다.
암전.

다시 밝아지면, 동초, 힘없이 의자에 묶여있다.
이재은은 소파에 누워있고, 태경은 그 옆에 앉아서 핸드폰 게임을 하는데, 자꾸 "카톡!", "카톡" 문자메시지 수신음이 울린다.

자꾸 날아오는 문자에 태경은 재은이 눈치 보며 폰을 진동으로 바꾼다.

동초 완치가 힘든 병이야. 치료제도 없고. 오로지 자기가 자기를 이해하는 방법 밖에 없어. 근육을 키우면서.

태경 근육?

동초 근력이 있어야 증상이 올 때 견디니까. 스트레스에 대한 인내력도 강해지고, 용기도 생기고. 습관 때문에 생기는 병이야. 운동으로 습관을 바꾸는 거지. 옛날엔 고행이라는 숭고한 방법으로 치료했어. 자기 자신의 내면 깊은 곳과 직면하는 그 순간 해소가 되는 거니까.

태경이 폰에 자꾸 문자메시지가 오는지 진동음이 연달아 들린다.

태경 더 어필 안 해도 돼요. 공황장애 경험 있다는 거 충분히 알겠으니까.

태경, 문자를 확인하고는 짜증을 낸다.

태경 아, 진짜! (동초한테) 얼마 생각하시는데요? 여기서 밤 샐 순 없잖아요?

그때 또 진동음이 울린다.

문자를 확인하는 태경, 재은이가 자는지 확인하느라 눈 앞에 손을 흔들어 본다. 별 반응이 없자, 동초한테,

태경 이렇게 해요. 차명계좌가 한두 개가 아니라면서요? 그거 하나 주세요. 통장이랑 도장이랑 명의자 신분증까지.

동초, 기가 막힌 표정으로 태경이를 쳐다본다.
태경은 그런 동초의 얼굴을 보고 키득거린다.

태경 그런 표정 많이 봤는데. 치매 걸려 집 나간 엄마 찾아 댕기는 큰오빠 페이스.

동초 계좌 얘긴 어디서 들었어?

태경 듣긴요? 할아버지 컨디션 보고 찍은 거예요.
갑부가 숨어 살면 블랙머니 아니겠어?
금융실명제를 왜 하겠어? 차명계좌가 엄청 많으니까 하는 거잖아요.

동초 정체가 발각 나는 게 두렵지 않다면?

태경 그럴 리가요? 증거에, 사진까지 있는데.

동초 너흰 정당하고?

태경 부당할 게 없잖아요. 체납임금 받으러 왔다가 할아버지 정체를 알게 됐고.
서로 좋자고 이러는 건데.

동초 팔십 노인을 전기총으로 지지고 결박한 건?

재은, 깨어난다. 소파에 누운 채로.

재은 싸움 잘하시니까. 일종에 정당방위죠.

태경, 깨어있었던 사실에 짜증이 인다.

태경 자랑이다. 깼으면 깼다고 할 것이지, 자는 척하고 있어.

그때 진동음이 울린다.

재은 (거슬린다) 아까부터 누구한테 그렇게 카톡이 오냐?
태경 (말을 돌린다) 내가 준비한 전기충격기가 정당방위지. 골프
          채로 맞을 뻔까지 했으니까. 근데 결박은 그냥 결박이야.
재은 그냥 결박이라니?
태경 정당방위는 아니라고.
재은 깨기 전에 어떻게 해보라며?
태경 어떻게 해보랬지, 묶으랬어?
재은 그럼 풀어?
태경 얻어터지지 않을 자신 있으면 그러던지.
재은 카톡 누구야?
태경 친구.
재은 친구 누구?
태경 너 모르는 애야.

재은	누군데 차명계좌 있다는 걸 알아?
태경	뭐래니?
재은	니가 아까 그랬잖아, 문자 보고, 차명계좌가 한두 개가 아니라면서요, 안 그랬어?
태경	안 그랬어.

재은, 태경이 눈을 빤히 쳐다본다.

재은	폰 줘봐.
태경	지겹다, 진짜. 너도 딴 남자 새끼들이랑 똑같애.
재은	폰 줘보라니까!
태경	니가 뭔데?

태경, 핸드백 들고 가려고 한다.
재은, 몸으로 막아선다.

재은	어딜 가?
태경	비켜! 안 비켜?
재은	수 쓰지, 지금?
태경	너 할딱거릴 때 주무르고 주사까지 놔줬는데 고맙단 말은 못할망정 뭐?
재은	카톡 누군데 또 연막이야?
태경	그렇지. 니가 이것밖에 안되지. 진짜 찌질해. 여태 운전

면허도 못 따고. 노인네한테 얻어터지기나 하고. 처맞을
까 무서워 결박이나 하고.

태경, 완강하게 가려는데, 재은이가 핸드백을 뺏는다.

태경   억압하냐? 이건 협박, 고문 보다 나아?

그때 태경이 폰의 진동음이 또 울린다. 문자가 아니라 전화가 온
것이다.
재은, 태경이한테 폰을 뺏는다.

태경   내놔! 안 내놔?

재은, 폰을 다시 뺏으려고 팔을 휘젓는 태경이를 다른 한손으로 막
으며 액정을 본다.

재은   언니? 그 여자지?
태경   내놔! 너, 이 새끼, 지금 이거 데이트폭력이야!
재은   룸빵에 한 번만 간 게 아니었어?
태경   넌 정신이 병신이야!
재은   이 여자가 얘기한 거야? 우리 계획을 알고 있어?
태경   바람난 엄마 때문에 공황장애 걸린 병신.
재은   어떻게? 왜?

태경	내놔! 내 폰!
재은	대답 안 해?
태경	나한테 소리 지르지 마!

재은, 전화를 받으려는데, 끊긴다.
다시 전화를 거는 데 비밀번호로 잠겨있다.

재은	비번 뭐야?
태경	내놔!
재은	비번 대라니까!
태경	미친 새끼!

태경, 발로 재은이의 정강이를 걷어찬다.

재은	씨발, 진짜!

태경, 화장실로 들어가 문을 잠근다.

재은	이 여자, 뭐야? 대답 안 해? 돈 빌렸어?

화장실 안이 잠잠하다.

재은	야! 김태경! 문 열어!

갑자기 안에서 유리 깨지는 소리가 들린다.

재은　태경아! 너, 거기서 무슨 짓 하는 거야? 문 열어봐! 화 안 낼 테니까 문 열어.

재은, 문에 귀를 대고 소리를 듣는다. 뭔가 안 좋은 낌새를 느꼈는지 갑자기 문을 거세게 두드린다.

재은　김태경! 문 열어! 야!

재은, 문을 어깨로 들이 박고 발로 찬다. 몇 번을 되풀이 해 문을 연다.
태경, 열린 문 뒤에 서 있다. 손에, 몸에 온통 피칠갑이다.
태경, 그은 팔목을 잡고 천천히 걸어 나온다.
재은, 놀라서 아무 말도 하지 못한다.
사이.

태경　전염병 때문에 우리 식당, 손님이 없어.
　　…… 엄만 치매 때문에 툭 하면 집을 나가. 큰오빠 엄마 찾아 거리를 헤매고. 찾으면 큰오빨 아빤 줄 알고 하루 종일 때려.
　　…… 식당 담보로 대출 받은 거, 원금 상환일도 얼마 안 남았는데. 몇 달만 버티면 된다는 데. 전염병만 종식되면

식당에 손님들이 다시 올 테니까.

재은, 그제야 황급히 화장실에서 수건을, 책장 밑에서 두 번째 서랍에서 약상자를 꺼내 온다. 태경이한테 묻은 피를 닦아주고, 팔목을 그어 생긴 상처를 처치한다.

태경 넌 유치장에 있고. …… 너도 합의금이 필요할지 모르니까. …… 언니한테 전활 했어.

재은, 태경이의 팔목 상처를 정성껏 붕대로 감싸준다.

재은 됐어. 얘기 안 해도 알아.

태경, 무표정하게 한곳을 응시하며 가만히 앉아있다.

태경 오백이든 오천이든 난 한 번도 본 적 없어. …… 빚도 재산이래니까.

재은, 그런 태경이를 쳐다보다가 울컥 해서 끌어안는다.

재은 사랑해.
태경 …… 메타포 싫댔지.
재은 사랑이 무슨 메타포야?

태경	현실에 없으니까 메타포야.
재은	내가 이렇게 사랑하는데, 왜 없어?
태경	마음이 보이니? 안 보이는 건 없는 거야.
재은	…….
태경	마음으론 뭐든 해. 기부도 하고 살인도 하고. 그런다고 천사가 되고 살인범이 되는 거 아니잖아. …… 선택하고 행동을 해야 알아. …… 행동은 눈에 보이니까.

태경이 폰이 진동한다.
재은, 다시 액정을 보면 발신자는 "언니"
반응 없이 가만히 앉아있는 태경이를 보고 전화를 받는다.

재은	여보세요. …… 아뇨. 태경이 폰 맞는데요. …… 다 알고 있으니까. …… 거기 맞아요.

기침을 하는 인동초.
전화 저편에서 민유라, 뭐라고 한참을 떠드는지 재은이 묵묵히 듣다가 전화를 끊는다.

동초	누구야?
재은	누구긴요. 숟가락 하나 더 얹자는, 할아버질 잘 아는 사람이죠.
동초	…… 민마담?

태경 역시 눈치는 빠르시네요.

동초 이것들이!

동초, 소리친다.

동초 이재은! 김태경! 어서 이거 풀지 못해!

천천히 암전.

＊ ＊ ＊

희미한 빛 아래 네 명의 인물들이 보인다.

인동초는 여전히 의자에 묶여 있고, 태경은 소파 한쪽에 옆모습으로 앉아있다. 그 뒤로 재은이가 서 있다. 유라는 한가운데 정면으로 앉아있다.

유라, 라이터를 켜 담배에 불을 붙인다.

밝아진다. 화려한 유라의 외모가 돋보인다. 이전의 헤어스타일과 영판 다른 헤어스타일이다. 그러나 가발 같은 느낌은 없다. 담배 연기를 길게 내뿜는다.

유라　다 그런 거지, 뭐. 정 들었다고 옭아매고 사랑한다고 헤어지고. 가엾다면서 얼굴에 침 뱉고, 불쌍하다고 엉덩이 만지고 젖 빨고.

동초　민마담. 아니, 조미숙. 언젠가 니 년이 발톱을 드러낼 거라 생각이야 했지만,

유라　어쩜 그렇게 내 이름이 낯설지? 그냥 민유라, 민마담이라고 불러요. 난 조미숙이 아닌 거 같애.

동초　이건 너무 일러.

유라　오빠 죽을 때까지 기다릴까 했는데, 좀 급해졌어. 나도 사정이 있으니까.

태경, 키득거린다.

유라 뭐가 웃기니?

태경 미.숙.아, …… 웃기잖아.

태경, 또 웃는다.

유라 그래, 기집애야. 나 미숙이야.

'미숙아'라고 놀린 것을 못 알아들은 유라 때문에 재은이까지 웃
는다.
유라, 일어난다. 동초의 등 뒤로 돌아가 재은이 앞에 선다.

유라 니가 석박 딴다고 대학원 들어간 그 남친이구나?
어쨌든 고맙네. 덕분에 회장 오빠 실체를 알게 됐으니.
하여튼 요즘 애들 무서워. 우린 감 떨어질 때 기다려 입
벌리고 있는데, 애네는 아니야. 나무를 흔들어. 아니, 도
끼질을 해.

재은 당신이 찜질방 돌아다니며 반반한 애들 룸빵 선수로 스
카우트 한다는 늙은 뱀, 민마담이군?

유라 이 바닥 생리를 좀 아나봐?

재은 포털에 검색하면 실사례까지 상세하게 나와 있으니까.

유라 많이 배웠다면서 말투에 격조는 없다, 얘.

(태경이한테) 아무리 잘생기고 똑똑해도 성질은 안 변해. 잘 생각해, 기집애야.

재은 당신이 뭔데 상관이야?

싸늘해지는 민유라, 차갑고 무서운 표정으로 일갈한다.

유라 …… 애새끼, 먹는 데다 싸갈길래?

재은 그거 협박이야?

유라 못 알아듣는구나? 나는 실종신고 내고 숨어사는 노친네랑 달라.

재은, 욱 해서 한마디 더 하려는데, 태경이가 손을 잡는다.

유라 참어. 안 그럼 너 죽어.

유라, 재은이를 머리부터 쭈욱 훑어본다. 그러다 피식 웃는다.

재은 (태경에게) 왜 저래?

유라 난 남자를 보면 좆이 어떻게 생겼나 알 거든. 십 년을 넘게 하루에 열놈도 넘게 빨아주고 마담 자리 꿰찬 건데, 전문가 아니겠어?

태경 그만 해요, 언니.

유라 너도 몇 갠 알 거 같은데? (웃는다)

태경	언니!
재은	(태경에게) 너 무슨 짓을 하고 다녔길래,
태경	미친 새끼! 집착 떨 생각마라.
유라	(웃는다) 순정파입네, 여친한테 집착을 해도, 근엄을 떨면서 돈 지랄을 해도 하나씩은 다 달고 있다는 얘기야. 대부분 얼굴이랑은 다른 느낌이지. 머린 대머린데 털이 수북한 것도 있고, 코는 큰데 새끼손가락만 한 것도 있고. 색깔도 가지가지에, 아주 가끔 가뭄에 콩 나듯 잘생긴 것도 있긴 하지만 본 지 너무 오래됐다.
동초	무슨 말을 하려는 거야?
유라	남자들 불쌍하다구요. 일평생 극복할 수 없는 약점을 몸 한가운데 달고 지배를 당하니까.
태경	언니, 직업적 노하우는 후배들한테나 가르치시고, 본론으로 들어가죠.
유라	내 후배 안 하기로 해놓고, 이런 얘기, 왜 불편한데? 기집애, 넌 내가 그렇게 노력을 했는데 결국 착한 사람이 되는 거야?
재은	(태경한테) 아까부터 이 여자 무슨 얘기냐고?
태경	(유라한테) 걱정마세요. 아쉬울 거 없으면 안 착해질 거니까.
재은	(태경한테) 아쉬운 게 뭔데?
태경	무슨 얘긴지 몰라서 물어? 아쉬운 건 돈이고, 착한 사람이란 내 맘대로 살지 않고 남친한테 묶여 산다는 뜻이잖아.

재은 돈 받으면 나랑 쫑 내겠다는 거야?

태경 야, 이재은! 그냥 언니 생각을 얘기한 거잖아! 내가 너한테 묶여 사니?

유라 (동초한테) 봤죠? 요즘 애들 우리보다 훨씬 복잡하다니까. 욕망도, 경험도, 관심사도. 그래서 이랬다저랬다 하는 거라구요.

동초 아직 거래를 할 줄 모르는데 복잡해 봤자지. 용돈 받아 사재끼기 바쁜 것들이 뭘 알아?

유라 하긴. 어른이란 거, 무엇을 팔든지 팔아야만 살아지는 거니까.

유라, 분위기를 바꾼다.

유라 자, 그럼 이제 거래를 시작해볼까? (태경이한테) 뭘 어떻게 하기로 했지?

태경 아직 대답을 들은 건 없어요.

유라 회장 오빠. 좋은 게 좋은 거라고, 우리 하자는 대로 해줘요. 여든이면 살만큼 살았잖우.

동초 살만큼 살았으면 더 살기 싫어져야 하나?

유라 누가 죽으래요? 욕심을 좀 내려놓으라는 거지.

동초 …… 얼마를 원하는 거야?

유라, 태경이를 보며 빙그레 웃는다.

유라	(태경에게) 이 말씀은 일단 거래를 해보자는 뜻인 거야.
재은	근데 금액을 우리한테 묻는 건 우리 캐파시틸[8] 보겠다는 거죠.
유라	아쭈.
태경	할아버진 우리 캐파를 어느 정도로 보는지 알고 싶어지는데?
유라	떠보는 건 일반적인 상황일 때 하고.
	(동초한테) 깔끔하게 계좌 하나씩 줘요. 입 다물고 하자는 대로 할 데니까.
태경	통장이랑 카드, 도장, 명의자 신분증까지.
동초	손목이 짓물렀어. 우선 이거부터 풀어.
태경	대답부터 해주셔야죠.
유라	아니야. 풀어드려.

재은과 태경, 주저한다.

재은	묶인 상태론 자존심에 스크래치 갈 텐데 제대로 말씀하시겠어?
유라	그렇지! 더구나 하나는 당해도 셋은 못 당해.

태경, 재은이를 쳐다본다.

---

8) capacity : 용량, 수용력, 능력, 지위

재은, 동초 뒤로 가서 팔을 풀어준다.

태경, 전기충격기를 꺼내 손에 쥐고 있다.

묘한 긴장감이 감돈다.

동초, 끈이 풀리자 손목을 비빈다. 그러다가 벌떡 일어난다.

재은은 깜짝 놀라 뒤로 자빠진다.

동초 (웃는다) 사내놈이 약해빠져서.

유라 멀쩡하게 생겨서 쫄구 그래.

재은, 신경질을 내며 일어난다.

동초 저기 텔레비전 밑에 서류 봉투 가져와.

유라가 일어나려 하는데,

유라 아니, (재은이 가리키며) 니가 가져와.

재은, 히번득 동초를 쳐다보고 서류봉투를 가져다준다.

동초, 느리게 봉투를 열어 내용물을 꺼내 테이블에 놓는다. 다섯 개
의 통장과 도장, 카드, 명의자 신분증이다.

유라 어쩜 저 귀중한 걸 저렇게 아무렇게나 뒀대요.

유라, 바싹 다가앉아 태경이 팔짱을 끼고, 태경이는 재은이 손을 잡아당긴다.

그렇게 셋은 동초 앞에 나란히 앉아있다.

동초　　금액은 별 차이 없을 테니까, 알아서 나눠 가지면 될 거야.

유라, 손을 뻗어 집으려는 데,

동초　　조건이 있어.

태경　　알아요. 발설하지 말 것.

유라　　그건 기본일 테고, (동초에게) 뭔가 다른 게 더 있는 거겠죠?

동초　　몇 살 더 처먹었다고 좀 낫군.

유라　　몇 살이 뭐예요? 첫사랑에 실패만 하지 않았으면 엄마뻘인데.

재은　　뭐죠, 조건이?

동초　　오늘은 나한테 아주 중요한 날이야. 그걸 망쳐놨으니 보상을 해야지.

태경　　어떻게요? 돈은 아닐 테고.

유라　　보상하는 방법이야 여러 가지지.

동초　　내가 원하는 건, 식사를 함께 하는 거야.

재은　　식사?

유라　　난 너무 좋다. 안 그래도 배고팠는데. 어때, 들?

태경과 재은, 서로 눈길을 주고받는다.

동초   아까도 얘기했지만, 돈을 준다고 다 가져갈 수 있는 세상이 아니야.

거절하면 돈은 받았어도 가질 수 없게 될 게다.

재은   세뇌라도 해볼 생각인가보네.

태경   우리한테? (웃는) 대박!

동초   시간 없어. 강요할 생각은 없으니까.

태경   좋아요! 어차피 오늘 이후로 다신 안 볼 사이니까. (재은에게) 그렇잖아.

재은이, 고개를 끄덕인다.

동초   그리고 너.

동초, 재은이를 가리킨다.

동초   이리와.

재은   왜요?

재은, 너털너털 다가온다.

동초, 재은이 따귀를 사정없이 갈긴다.

동초   이건 도로 가져가야지.

재은, 불만 가득한 얼굴로 뺨을 어루만진다.
유라가 분위기를 바꾸며 일어난다.

유라   자, 그럼 이제 식사를 준비해볼까? 재료가 뭐 있어요?
저염식 하시잖아? 무슨 요릴 할까요? 얘, 니들 안 도울
거야?

태경, 일어나 유라에게 간다.

유라   태경이 너, 할 줄 아는 거 뭐 있니?
태경   아무 거나요. 검색 하면 먹방 레시피 쫙 뜨는데요, 뭐.

유라와 태경, 주방으로 사라진다.
무대 위에 단 둘이 남아있는 동초와 재은.
재은, 동초를 쳐다본다.
잠시 후 동초의 등 뒤로 크게 원을 그리며 주방으로 사라진다.
동초, 그런 재은이를 보면서 큰소리로 웃는다.

동초   (혼잣말로) 그래, 오늘은 특별히 기념을 해보자. 단체로 묵
념부터 하는 거야, 단체로.

그 모습에서 암전.

긴 사이.

밝아지면 거실 뒤편 구석에 런닝머신과 쇼파와 거실 테이블을 밀어두었고, 그 자리에 음식이 가득 차려진, 하얀 테이블보를 덮은 식탁이 놓여있다.

태경이와 재은, 유라가 식탁 의자에 앉아 동초를 기다린다.

동초, 한손에 와인 한 병을 들고 나온다. 보타이에 재킷까지 갖춘 차림으로 기품 있는 노년의 모습이다.

유라 마지막 만찬인가요? 괜히 긴장되는데?

태경 만찬이라고 하니까 웬지 저녁 같애. (재은에게) 그치?

재은 (유라한테) 왜요? 세뇌당할까 봐?

동초, 와인을 테이블에 놓고 한쪽 커튼을 젖힌다.

밝은 아침 햇살이 가득 들어선다. 새 소리 들리고, 바람에 커튼이 부드럽게 날린다.

동초 아침 식사야.

동초, 테이블을 한 바퀴 돌며 각각의 잔에 와인을 따라주고 자기 자리에 와 앉는다.

동초　먼저 식사를 시작하기 전에 묵념부터 하지.

재은　뭐에 대한 묵념인데요?

동초　(눈 감으며 고개 숙인다) 묵념.

동초, 재은이의 질문에 대꾸 없이 묵념을 시작한다.

묵념 시간이 길어지자 재은, 태경, 유라 서로를 쳐다보며 딴청을 부린다.

동초, 한참 후에 눈을 뜬다.

이윽고 잔을 치켜 들이 건배를 청한다.

넷은 아무 말 없이 잔을 부딪치고 입으로 가져간다.

동초　먹지.

유라　음, 맛있겠다.

태경　잘 먹겠습니다.

재은, 어색하게 인사하는 듯 고개를 끄덕이고 먹기 시작한다.

유라　오늘이 무슨 날인데 그렇게 중요해요?

동초　내가 오랫동안 모셨던 분이 서거하신 날이지. 매년 난 오늘을 추모해왔어. 그 분과 함께 이룩한 일들이며 그 분의 정신을 기렸는데, 그걸 니놈들이 망친 거야.

재은, 기분 나쁘다는 듯 수저를 놓는다.

유라	왜 그래?
태경	애, 안 먹는 거 많아요.
동초	너무 편하게 사는 게 문제야. 요즘 것들은 감사한 게 뭔지 모르니까.
유라	아침부터 잔소리할 생각 말아요. 더 이상 대꾸할 기운도 없어.
동초	이 나라를 재건해낸 정신에 관한 얘기야. 그게 왜, 어떻게 잔소리야?
유라	귀에 못이 박히게 들었어요. 공정하고 양심적으로 살았다. 정의로운 신념을 포기하지 않고 실천하느라 많은 것을 희생했다.
태경	그렇게 시작하는 얘기, 거지반 끝은 안 좋지 않나?
재은	엔딩에 화내고 소리 지르지.
유라	아니야. 남을 욕하는 엔딩이야.
태경	욕하다가 서로 죽이고 죽고 그러던데. 영화에선. (웃는)
재은	노인들 욕하는 건 노인들이라던데요. 젊은 애들은 노인 무시하는 거로 끝나고.
동초	요즘 늙다리들 보수 꼴통 밖에 더 있어? 새로운 시대에 맞춰 생각을 바꿀 줄 몰라.
태경	그렇다고 젊은이들을 좋아하는 것도 아니잖아요?
동초	오로지 놀 생각 뿐, 전통이란 걸 존중할 줄 모르는 놈들, 무슨 수로 좋아해?
유라	난 아니던데. 젊은 애들 좋던데. 부럽고.

태경	대박. 꼰대 포스 작렬.
유라	누가? 내가?
태경	뭐 편한 대로 생각해요.
동초	전통이란 게 뭔지나 알아?
태경	뭐 그것도 각자 알아서 생각하죠. 편한 대로.
유라	편한 데로가, 야, 불편하게 들린다.
동초	내가 나이가 많다고 아예 귀를 닫는군.
유라	난 항상 당신보다 내가 나이가 많다고 생각했는걸요. 당신온 그저 건디기가 어려운 사람일 뿐이에요.
동초	어떤 사회든 원칙이라는 게 있는 거야.
유라	이거 봐. 입만 열면 가르치려고 들잖아.
동초	내가 아니라 수업이 힘든 거야.
재은	양심, 도덕, 그런 단어를 직접 말하는 거, 민망하지 않아요? 그런 용어들, 듣는 사람을 질책, 질타하거나 추궁하려고 까는 밑밥이잖아요.
태경	(재은에게) 그거 뭐라 그러지? 사람을 낮게, 싸구려 취급하는, 아니, 그게 아니라 원래 상태보다 낮게,
재은	폄하.
태경	그래, 폄하! 사람을 폄하할 때도 그런 고귀한 단어들이 톡톡 튀어나오지.
유라	그런 단어 쓰는 사람들, 이제 조심해야겠다.
동초	그냥 듣기나 해. 술집년이 뭘 안다고 주절대?

유라, 표정이 싸늘하게 변한다.

유라   왜? 또 걸레 같은 년이라고 욕을 하지?

동초   최소한의 감사는 할 줄 알아야지.

유라   차라리 욕을 해요. 그게 훨씬 나아. 기분은 상해도 잊을
      수 있으니까.
      근데 그런 엿 같은, 아니, 모욕적인 말은 자꾸 생각이 나.

태경과 재은은 동초와 유라의 대화에 관심을 갖지 않고 전혀 상관
없는 자기들만의 얘기를 시작한다. 그래서 동초와 유라의 대화 사
이사이에 태경이와 재은의 대화가 끼이거나 겹친다.
동초는 유라와 대화를 하면서 태경이와 재은이의 태도가, 대화 내
용이 신경 쓰인다.

태경   내일 퍼레이드 진짜 갈 거야?

재은   당연하지. 사랑을 반대하는 거, 웃기잖아.

태경   그럼 그냥 사랑이라고 하지 왜 동성애라고 하는데?

유라   말이 생각나는 게 아니야. 모욕을 준 당신 얼굴이 생각
      나는 게 아니라구요.

동초   내가 니 덕을 봤어, 니가 내 덕을 봤어?

유라   내 얼굴이, 내가 생각나. 그래서 미치겠는 거야. 그래서.

동초   그동안 누구 때문에 먹고 살았는데?

재은   앞으로 그냥 사랑이라고 하게 될 거야. 그러자고 퍼레이

드를 하는 거니까.

유라　이 년도 이 년 나름대로 할 거 다 했거든요.

동초　뒤통수 맞은 건 나야.

유라　이 나이에 무슨 열정페이도 아니고.

동초　내가 시켰어?

태경　퍼레이드 하면 뭐해? 건너편에서 반대 퍼레이드 똑같이 하잖아.

유라　시켜서 하는 노력봉사면 낫지!

동초　알아서 기는 거, 그게 노예야.

유라　그래요. 그러니까 떼인 월급 받으러 왔다고 생각하면 되겠네!

재은　인식을 변화시키는 거, 쉬운 일 아니야.

동초　미친년. 내가 어떻게 해줬는지 잊었어?

태경　이성애가 바람 피고 매춘하는 것보다 동성애가 더 심하대.

재은　그러니까 더 찬성해야지.

유라　나더러 결국 퇴페이발소나 시골 읍내 다방에서 티켓 팔 거라며?

재은　그럴수록 더 양지로 끌어내야해.

유라　또 기억 안 나죠?

동초　(갑자기 재은에게) 무슨 수로? 어떻게 양지로 끌어내? 그리고 뭐하러? 왜?

유라　또 내 말 무시하는 거예요?

동초　시끄러.

유라　툭하면 시끄러! 시끄러!

동초　(버럭) 조용!

조용해진다.

끼이거나 겹치던 대화는 여기서 끝난다.

동초　(재은에게) 말해봐. 뭐 하러, 왜 양지로 끌어낸다는 거야?

재은　어릴 때 안 된다, 안 된다 하면 더 하고 싶은 적 없었어요?

동초　없으면 그게 사람이야? 근데 그거랑 양지로 끌어내는 거
　　　랑 무슨 상관이야?

말이 안 통한다는 듯 웃는 재은과 태경.

동초　무슨 상관이냐니까?

재은　…… 다시 생각하니 상관없는 거 같애요.

동초　버르장머리 하고는!

태경　(장난스럽게 웃는다) 왜 아빠는 할아버질 닮고, 오빠는 아빠
　　　를 닮을까?

동초　나 들으라고 하는 소리야?

태경　아, 아뇨. 그냥 한 소리예요.

잠시 말없이 밥을 먹는 일동.

유라　난 어릴 때 산동네에서 살았는데…… 초저녁엔 시끌벅적 깔깔 웃는 소리들이 들렸어. 그땐 9시만 되면 테레비까지 어린 애들 자야할 시간이라고 자막이 떴지.

동초　그래, 차라리 어릴 때 얘기 좋겠어. 쓸데없는 구라 말고.

유라　잠자리에 누우면 온 동네가 무서울 만큼 조용했는데, 갑자기 저 멀리서 자지러지게 우는 애 소리가 들려. 그런 울음이 곳곳에 번지기 시작해.

태경　왜요?

유라　아빠들이 온 거야. 술 취해 들이와서 애를 깨우고 이런저런 시비를 걸어 두들겨 패는 거지. 하루종일 굽신굽신 온갖 스트레스에 시달리다 술이 떡이 돼 갖고.

태경　집에 들어와 보면 온통 맘에 안 들겠지.

유라　누구 때문에 내가 이렇게 생고생인가 싶고.

태경　아, 끔찍하다.

동초　개소리야.

유라, 모멸감으로 표정이 차갑게 변한다.

유라　그 개, 수컷이에요, 암컷이에요?

동초, 뜨악하게 유라를 쳐다본다.

동초　전문가가 몰라?

90

재은   (동초한테) 그렇게 혼나면서도 안 된다는 짓만 골라 하는 거.
태경   인간 본능이지.
재은   숨어서, 몰래 하는 건 모두 범죄 같으니까.
동초   남몰래 하는 것도 종류에 따라 달라!
유라   전문가는 개새끼 성별도 척 보면 알아야 하나?

동초, 젓가락으로 테이블을 탁탁 내리친다.

동초   자, 그만들 하고. 이미 말했지만 오늘은 매우 의미 있는
       날이야. 나라 재건을 위해 수십 년을 노력하신 분이 돌
       아가신 날이니까.
       그 분 덕에 오늘날 이 나라가 선진국 대열에 선 거고.

재은, 태경, 서로를 보며 어깨를 으쓱한다.

동초   그 숭고한 충효사상을 기념하는 자리니까 오만방자하게
       굴지 마.

재은이와 태경, 웃음이 터진다.

재은   통제의 환상까지 있으시네. 완벽하다.
태경   그게 뭔데?
재은   통제를 엄청나게 받다보면 뭐가 잘못 됐을 때 그 원인이

자기한테 있다고 믿게 되는 심리를 말하는 거야. 온 국민 노력으로 선진국이 된 건데, 오로지 딱 한 사람 덕이라고 생각하는 우리나라 사람들도 마찬가지. 독재라는 통제에 중독된 거니까.

동초, 더욱 힘주어 말한다.

동초　　충효라는 건 합리적이고 분별력 있게 세상을 살아야 사용할 수 있는 난어야.

유라　　그런 식으로 단정 지으면 난 뭔가 또 당신이 트릭을 쓴다는 느낌이 들어.

태경　　나도 뭔지 알아요.

유라　　얘기 듣다보면 내가 뭘 생각했었는지 하나도 기억 안나고.

재은　　모욕적인 얘길 들어도 그 순간은 몰라. 한참 지나서야 알아차리고,

유라　　화내야 할 타이밍을 또 놓쳐. 두고두고 생각날 때마다 분통이 터져.

치사한 거 뻔히 알면서 내가 꼭 기생충처럼 붙어 사는 느낌! 그런 기분이면,

동초, 거칠게 수저를 내려놓는다.

동초 그따위 기분 느낄 새가 어딨어? 나처럼 일평생 열심히 땀을 흘리며 일을 하면 그런 기분 몰라.

잠시 아무 말 없이 식사를 한다.

동초 그것도 나를 위해서 일을 한 게 아냐.

유라, 테이블을 내리치며 벌떡 일어난다.

유라 제발! 제발 그만하세요! 제발!

유라, 진정하고 다시 의자에 앉는다.

유라 …… 애들 체하겠어요.

태경, 혼자 또 낄낄 웃는다. 그 웃음이 거슬리는 유라.

유라 또 왜 그래?
태경 말하는 게 꼭 엄마가 아빠 말리는 거 같잖아. 아빠 말 끊고 아빠랑 똑같은 말을 사랑버전으로 하는 엄마, 엄마들.
유라 너도 엄마가 싫구나?
태경 당연히 싫죠. 근데 언니가 싫어하는 거랑은 달라.
유라 어떻게 다른데?

태경	언닌 간섭이 싫은 거 아녜요? 난 아빠처럼 구는 엄마가 싫은 거니까.
유라	아빠처럼 안 구는 엄마면 좋아하겠다는 소리로 들린다.
태경	맞아요. 근데 현실에 그런 엄만 없어. 엄마가 엄마처럼 굴어도 아빠 같은 거니까.
재은	밥이나 먹어. 현실에서 가정이 무슨 소용이야?
유라	가정?
재은	패밀리 아니고, 가정법, 이프.

유라. 틱처럼 얼굴 한쪽이 떨린다.
사이.

동초	이렇게 아침을 먹어 본 게 오랜 만이군. 비록 날 헐뜯는 소리들을 하고 있지만. 사람 목소릴 듣는 게 얼마나 기쁘고 행복한지 그 느낌을 니들은 모를 거야.
유라	진심이길 빌어요.
태경	최소, 가식이 아니길.
동초	군대도 안 가 본 것들이 재잘거리기는.
재은	맞아. 여자도 군대 가야 해. 이스라엘은 남녀 모두 이년 육개월 군복무를 한 대요.
동초	쿠바는 삼 년이야. 노르웨이도 여자들 군복무가 의무고. 대만, 태국, 독일은 여자한테 국방세를 걷지. 병사로 입대해야 면제야.

재은   우리나라만 안 가네.

동초   지원해서 간다고 해도 장교나 하사관으로 시작하고.

재은   지들이 군대에 대해서 뭘 안다고.

태경   대머리 이발소 찾는 소리 그만 좀 하지?

동초, 웃는다.

동초   간만에 남자들끼리 뜻이 통하는군. (장난스럽게) 아, 내가 대머리 친구 얘기 했던가? 이발소 가서 자기가 쓴 가발을 알아보나 못 알아보나 테스트 하는 게 사는 낙인 놈인데,

동초, 더욱 크게 웃는다. 재은이도 동초와 같이 웃는다.

유라   지금 그 말이, 어디가, 어떻게, 왜 웃긴 거죠?

웃음이 멈추고 조용해진다.

유라   자꾸 내 말 씹을 거예요? 자기가 쓴 가발, 알아보나 못 알아보나, 시험해보고 싶은 거, 누구나 마찬가지 아니야? (태경이 보며) 내가 술집년으로 보이나, 대학생으로 보이나, (재은이 보며) 내가 알바 뛰는 놈으로 보이나, 반듯한 직장에 다니는 놈처럼 보이나, (동초 보며) 내가 꼰대로 보

이나, 신식 할아버지로 보이나, 모두 궁금한 거 아니야? 모두 숨기고 싶은 거 아니야?

사이.
동초, 재은이가 편을 들어준 것 같아 흡족하다. 유라와 태경이를 쳐다보고 테이블에 팔꿈치를 괴며 다가앉는다.

동초 삼십 년 전에 아파트에 살았는데. 위층 피아노 소리에 가족들이 몇 년을 시달렸어. 일 넌 삼백육십오일 하루도 안 빠지고 매일 서너 시간씩 연습을 한다더군. 시비를 하기도 한 모양인데, 나야 어차피 밤낮 없이 일만 했으니까 집에 있는 시간도 별로 없어서 신경을 못 썼지. 그런데 말이야. 처음에 분명 도미솔부터 시작했고, 동요를 쳐도 더듬더듬 거렸는데, 어느 날 림스키의 왕벌의 비행을 치는 거야. 느리게 쳤다가 빠르게 쳤다가 하면서 완벽하게 끝까지 치더구만.

어느새 들려오는 '림스키의 왕벌의 비행'
동초, 눈물을 흘린다.

동초 나도 모르게 박수를 쳤어. 잘했다는 칭찬의 박수였지. 꿈이란 거, 성장인 거야.

태경, 재은, 유라, 말없이 듣고 있다.

동초 난 전쟁이 터져 굶으면서 컸지만, 그래서 살기 위해 몸
    부림쳤지만 그래도 우린 항상 좋은 뜻을 품고 있었지.
    좀 더 나은 세상이 되어야 한다는 순수한 꿈.

유라 아, 씨발, 왜 이리 더워?

유라, 가발을 벗는다. 그러자 박박 깎은 민머리가 드러난다. 뒤통수
에 미세혈관 감압술 수술을 받은 자국이 있다.

동초 재수 없게 뭐 하는 짓이야?

유라 그 순수한 꿈이 순수한 그대로 이루어졌어요?

재은 죽기 아니면 까무러치기 정신. (웃는다) 아까부터 기승전,
    이분법이야.

동초 이분법은 절박했다는 증거야.

유라 안나까. 설박했던 거, 너무 안나까. 이해도 하고, 측
    은하기도 해.
    근데 그때 절박한 거, 지금 절박이랑 달라. 왜 자꾸 강욜
    해, 왜?

동초 난 강요한 적 없어. 지들이 찔리니까 강요로 느끼는 거야.

태경 정말 기술이 좋으시다. 남을 위해 희생을 해왔다고 하는
    말이 어떻게 나더러 잘못했다고 혼내는 소리로 들리지?

유라 내 질문에 대답이나 해줘요. 그 순수한 꿈이 순수한 그

대로,

동초　머린 왜 박박 밀었어?

유라　순수한 꿈이 순수한 그대로 이루어졌냐구요?

동초　십대야? 반항해?

유라　안면 경련 때문에 수술 받는다 그랬잖아. 기억 안 나? 또 늙어 그렇다고 하시겠지?

동초　지금이 제일 젊어.

태경　(웃는다) 그러네. 죽는 그날까지 지금이 제일 젊다 진짜.

유라　내 말은 제대로 안 듣지?

재은　이분법이 기형아를 낳은 게 아니라 기형으로 성형을 한 거 같애.

유라　누구한테 하는 말이니?

동초, 벌떡 일어난다.

동초　무분별하게 굴지 말라는 거야. 그리고 부당하면 싸워. 우리 땐 그렇게 역경을 극복했어.

태경　우리더러 싸우래.

유라　우리?

재은　상대가 자긴 줄도 모르고 싸워서 극복하래.

유라　그 우리에 나도 포함돼?

동초　생각을 조심해. 말이 돼서 입 밖으로 튀어나오니까.

유라　씨발, 생각대로 말하면 됐지, 뭐가 문젠데?

태경 언니, 혼자 폭주하지 마세요.

유라 뭐? 폭주? 술 얘기야?

동초 말은 습관이 되고, 습관은 성격이 돼. 성격이 운명이야. 우린 우리가 생각하는 대로 만들어지는 거야. 그러니까 생각을 조심해.

재은 생각 자체가 딜레마였네.

유라 왜 내 말에 대답들을 안 해, 왜?

유라, 표정에 담긴 감정이, 생각이 매우 복잡하다.

동초 니놈들이 갖는 정의감은 복수심으로 쉽게 바뀌었어. 니놈들도 승리자가 되면 잔학해질 거야. 공정하게 하자면서 전혀 새로운 억압을 하겠지!

유라 무슨 억압?

동초 이분법은 사라지지 않아. 이 세상에 문제를 아무리 해결해도 또 생기는 것처럼.

유라 지금 나 무시해요?

동초 이분법이 뭔지나 알아?

유라 둘 중 하나란 얘기잖아. 아니야?

동초 문제를 해결하지 못할지는 몰라도 목표를 향해 달려갈 때, 원칙을 지킬 때 반드시 필요한 게 이분법이야!

유라 무시하네.

동초 모르는 게 나아. 모르면 문제를 문제 삼지 않으니까. 그럼 문제 될 게 없잖아.

유라　　무시하는 거야.

동초　　문제될 게 없는 상태. 그게 행복이고.

유라, 갑자기 테이블에서 포크를 집어 동초의 목을 찌른다.

태경, 놀라 비명을 지르며 벌떡 일어나 뒤로 물러선다.

재은　　뭐하는 짓이야?

재은, 달려가 동초를 잡는다.

동초, 목에 꽂힌 포크를 쥔 채 피를 흘린다. 유라를 아니, 조미숙을

쳐다본다.

솟구치는 피로 동초와 동초 주변이 피로 낭자하다.

재은　　뭐해? 어서 응급차 불러! 어서!

태경　　어? 어!

태경, 폰을 들고 전화하려다 망설인다.

동초, 태경이를 쳐다보고, 재은이를 쳐다본다.

그 눈빛에 태경, 비명을 지르며 피한다.

동초, 재은이 멱살을 잡고 노려보며, 목에 꽂힌 포크를 빼려고

한다.

재은　뽑지 마요, 그러면 큰일 나! 여긴 대동맥이라 1분에 30
　　　리터 넘게 피를 쏟아. 가만히, 가만히 있어요.
　　　(소리친다) 뭐해? 응급차 부르라니까!

태경　전화해서 뭐라 그래?

비틀거리는 동초, 재은에게 기대어 지탱한다.
재은, 태경의 질문에 당혹스럽다.

재은　가서 수건이라도 가져와! 어서!

태경, 수건 가지러 퇴장.
동초, 숨소리가 불규칙하다.

동초　이 나라를 재건한 나를,

유라　난, 당신이 잘못을 인정하는 걸 한 번도 본 적이 없어.
　　　미안하다고 사과하는 것도. 고맙다고 인사하는 것도.
　　　남을 위하는 척 하면서 자꾸 자기를 미화시키는 소리,
　　　더 이상 마음 아파서, 더는 못 들어주겠어. 더는.

동초　이 썩어빠진 놈들이, 이건, …… 이건 암살이야.

동초, 재은이의 목을 조른다.
목이 졸려 숨을 쉬지 못하는 재은.
수건을 들고 들어오는 태경, 동초의 손을 풀려고 안간힘,

유라　　뭐가 그렇게 중요했는데? 그 몸뚱아리, 뭘 그렇게 죽도
　　　　록 쫓아다닌 건데?
　　　　이 모든 게 무엇에 대한 보상인 건데? 당신이 무슨 자격
　　　　으로? 당신, 자격이 있어? 보상은 입은 피해를 갚아주는
　　　　거라며? 배상은 그 피해가 불법적인 거래야 한다며? 당
　　　　신이 입은 피해가 뭔데? 있다 해도 너무 많이 받은 거 아
　　　　니야? 이건 보상이 아니라 배상이잖아! 응! 이건 보상이
　　　　아니라 배상이라고! 배상!

　　　　태경과 재은, 동초의 손에서 벗어나고,
　　　　동초, 쓰러진다.
　　　　유라, 태경이를 쳐다본다.

유라　　뭐하니? …… 사진 안 찍어?
태경　　아, 사진! 아니, 증거영상!

　　　　태경, 폰을 들어 영상을 찍는다.

유라　　회장 오빠…… 죽는 거, 어떤 느낌이야?

　　　　사이.

동초　　…… 눈 속에서 잠드는 것처럼. …… 따뜻하지만 ……

몸이 시려.

동초, 죽는다.
그 순간 기겁을 하며 주저앉는 재은.
사이.
이를 가만히 바라보던 유라, 피를 손가락으로 찍어 뺨에 묻힌다.

유라   얘기해봐. 그게 어디가, 어떻게, 왜 웃긴 거냐구.
자기가 쓴 가발을 알아보나 못 알아보나 테스트 하는 거.
누구나 마찬가지 아니야? 내가 생각하는 나와 남이 생각
하는 나.
그게 같은지 다른지 모두 궁금하잖아. 아니야? (소리친다)
아니야?
(태경에게) 내가 너한테 간섭했니? (재은에게) 내가 이 인간
처럼 굴었어?

유라, 벌떡 일어나 걸어간다.
그 움직임에 태경과 재은, 피하느라 법석이다.
유라, 일어나서 책장으로 간다. 두꺼운 양장본 책을 꺼내 펼친다.
그 안에 권총이 들어있다. 권총을 꺼내 만지작거리다 테이블에 내
려놓고, 담배를 꺼내 입에 문다. 라이터를 켜는데, 켜지지 않는다.
몇 번을 반복하다 신경질을 내며 라이터를 던지고, 충동적으로 권
총을 집어 관자놀이에 대고 방아쇠를 당긴다.

머리통 뒤로 살점과 혈액이 튀며, 그 즉시 뒤로 쓰러진다.

멍하게 이 광경을 바라보고 있는 태경이와 재은이.

태경은 울지 않고, 재은이는 눈물범벅이다.

사이.

태경이가 먼저 소파에 가 앉는다. 리모콘을 집어 TV를 켠다. 머리
카락을 꼬다가 채널을 바꾼다.

재은이도 무심하게 태경이 옆에 앉는다.

태경, 채널을 바꾸다가 뉴스 채널에서 멈춘다.

싱크홀에 관한 뉴스가 나온다.

앵커   서울 송파구 도로 한복판에 커다란 싱크홀이 생겨 그 원
인에 관심이 모아지고 있습니다. 5일 경찰에 의하면 이
날 낮 12시20분쯤 서울 송파구,

다른 채널로 바꾸는 태경.

만화 채널에서, 쇼프로그램 채널, 홈쇼핑채널, 그리고 다시 뉴스
채널.

앵커   지반이 약해지면서 구멍이 뚫리는 싱크홀 현상으로 인
근 주민들 걱정이 날로 커지고 있습니다. 과도한 공사
때문에 발생하는 인위적인 현상으로,

재은, 태경이 손에서 리모콘을 뺏어 TV를 끈다.

태경	왜? 나, 보는데.
재은	걱정 안 돼?
태경	걱정한다고 걱정이 사라지면 걱정할 일이 없어 걱정이 겠네.
재은	이제 어떡할 거야?
태경	이 집 좋은 데 뭐. 그냥 여기서 질릴 때까지 좀 있지 뭐.
재은	나갔다가 잡힐까봐 그래?
태경	실종신고 내고 숨어 살던 노친네 집인데, 뭐. 찾아오는 사람도 없다잖아. 증거영상도 찍어놨고.
재은	저 여잔?
태경	전화 안 받으면 잠수 탄 줄 알 거야.
재은	…… .
태경	…… 있을 만큼 있으면서 정리하지 뭐.
재은	…… .

태경, 통장을 열어본다.

태경	우와! 이거 공이 몇 개야? 장난 아닌데? 뭐 갖구 싶은 거 있어?
재은	…… .
태경	온라인 구매 해볼까?
재은	근데 태경아. 우리 여기서 못 나가는 건 아니겠지?
태경	잡힐까봐?

재은　　…….

태경　　나가지 말지 뭐. 없는 거 없이 다 있는데.

재은　　여기 갇혀 돈 쓰면 뭐하니?

태경, TV를 다시 켠다.

만화가 나온다. 자막이 표출되는데,

자막　　"포장지 안이 답답하지 않냐?"

(잠시 후 바뀌는 자막)

"애들이란 게 다 크게 보고 아름답게 보는 법이라니까."

재은　　애초에 내 생각은 이게 아니었는데.

태경　　어차피 처음부터 성공할 수 있는 일이 아니었어.

재은　　…….

태경　　사람 생각을 니가 무슨 수로 바꿔? 그것도 한참 어린
　　　　애가.

재은　　애초에 내 생각은…….

태경　　늙은이 하나 바꾼다고 세상이 바뀌는 것도 아니고.

재은, 어떤 서러움에 울음이 복받친다.

태경　　바뀐다고 해도, 우리 사는 동안에 바뀔 리도 없고.

창 밖 하늘, 구름 때문인 듯 어두워진다.

태경과 재은 얼굴에 그림자가 깔린다.

다시 창밖은 따뜻한 햇살이 보인다.

바람에 커튼이 부드럽게 나부낀다.

끝.

드라마투르그 발문

윤서현

확연해 보이는 〈밀실수업〉의 대립적 구도, 즉 재은/태경 세대에
대한 동초 세대의 호통과 동초 세대에 대한 재은/태경 세대의 불만
이 일상과 매스컴을 통해 이미 익숙해져버린 반복적 논조가 되는
것을 피해야 했다. 이를 위해 이들의 격렬한 감정적 충돌에 집중하
기보다는 상대의 신경을 건드리고 살을 비트는 신랄한 대화 과정
이 부각되어야 함은 물론이었다. 긴장감을 쌓아가는 이 과정은 섬
세한 연출 감각을 요구하였다. 이 과정에서 연출이 유의했던 지점
은 인물 각자의 심경을 건드리는 것이 사실은 상대 인물이 아니라
스스로가 느끼는 자신의 내적 모순이라는 점이었다. 동초의 험악
한 욕설이 아니라 그 순간 보이는 '자기 얼굴' 때문에 괴롭다는 유
라는, 시를 사랑한다지만 '룸빵 선수'나 스카우트 하고 있는 스스
로의 내적 모순을 감지한 인간의 모습을 대표한다. 이 고통은 단지
그녀만의 고통이 아니다. 독설, 공황장애, 히스테리, 살인, 자살 등
의 모든 자극적 소재들은 자기모순을 맞닥뜨린 인물 각자의 반응

임과 동시에 우리 사회의 병증을 상징한다.

선택과 집중의 시대를 살아온 동초는 자기 신념의 정당성을 재은과 태경에게 설복시키려 한다. 하지만 실제로 그가 할 수 있는 것이라곤 차명계좌를 미끼로 밥상머리에 그들을 잠시 앉혀두는 일뿐이다. 강한 어조로 자기 믿음을 설파하고는 있는 듯 보이지만 항상 자기 말을 들어줄 누군가를 필요로 한다는 점에서 그는 가장 불완전한 인물이기도 하다. 자기모순에 빠져있기는 재은과 태경도 마찬가지이다. 이들은 자신들이 동초 같은 부류가 장악한 사회시스템의 희생자라고 강변하지만 결국은 동초의 은닉재산의 상속자가 되기를 자처한 꼴이 되고 말았다. 여기에서 동초의 재력과 건강, 느긋함에 대한 그들의 혐오는 선망의 다른 이름일 뿐이라는 것이 드러난다. 출세와 부를 향한 재은의 사회적 욕망과 여기에서 발생된 정신적 압박을 그 누구보다도 잘 이해하고 있는 인물 또한 동초이다. 작가는 두 사람이 공통으로 앓고 있는 공황장애를 통해 이들의 동질감을 강조한다. 태경에 대한 재은의 태도가 동초가 유라를 대하는 무지막지한 태도를 연상시키는 것은 물론이다. 이러한 측면에서 등장인물 중 그 누구도, 동초의 설교를 향해 유라가 던진 질문 '순수한 꿈이 순수하게 이루어졌느냐'에서 자유롭지 못하다.

인물 간 외적 불화와 자기모순에 대한 내적인식으로 쌓인 긴장감은 두 번의 폭발 장면을 낳는다. 첫 번째는 재은의 폭발, 두 번째는 유라의 폭발이다. 재은의 폭발이 작품 전체의 전개상 예상 가능한 것이라고 한다면 유라의 폭발은 예상 밖의 일이다. 전자의 폭발은 동초가 재산을 분배함으로써 해결 국면에 접어드는 것처럼 보인다. 이 장면의 묘미는 이것이 정말로 갈등이 무마되고 화해로 가는 길인지 아니면 더 큰 파국을 위한 준비과정인지 확실치 않다는 점에 있다.

화려한 만찬의 하얀 테이블보로 가려졌을 거라 생각했던 모순들이 차차 다시 고개를 들고 두 번째 폭발의 전조가 보이기 시작한다. 재은의 첫 번째 폭발과는 사뭇 다른 분위기이다. 와인잔이 부딪히고 촛불이 타는 화기애애한 분위기 속에서 히스테리컬하게 퍼져나가는 웃음소리는 모든 가정의 매일의 식탁 속에 스며든 불안을 상징한다. 여기서 유라의 결단은 관객들에게는 시내의 모순에 대한 처단의 의미를 가질 수도 있겠지만 무엇보다도 그녀가 스스로를 자기모순에서 해방시킬 유일한 방법으로 선택한 결말이라는 점에서 애처롭다. 그토록 선망했던 거대한 집과 평생을 써도 남을 거액이 든 차명계좌 앞에 남겨진 재은과 태경의 모습은 부모를 잃은 아이들처럼 어쩐지 더 불안하고 서럽다. 직접 손에 피를 묻힐 일은 없었으니 그나마 다행이라 해야 할까.

한국 희곡 명작선 32

밀실수업

초판 1쇄 인쇄일   2021년 1월 10일
초판 1쇄 발행일   2021년 1월 20일

지 은 이   위기훈
만 든 이   이정옥
만 든 곳   평민사
          서울시 은평구 수색로 340 〈202호〉
          전화 : 02) 375-8571
          팩스 : 02) 375-8573
          http://blog.naver.com/pyung1976
          이메일 pyung1976@naver.com
등록번호   25100-2015-000102호
ISBN   978-89-7115-730-5 03800
           978-89-7115-663-6 (set)
정   가   8,000원